Ela Ta Sin ®

Impressum

Herstellung und Verlag:
Books on Demand GmbH, Norderstedt

ISBN-13: 9783833492860

Erstauflage 2007

Ela Ta Sin

Antworten des Himmels

El Mogar Ba

Die Öffnung der neuen ätherischen Licht-DNS

durch die Elohim

Inhaltsverzeichnis

Vorwort

Seitdem ich angefangen habe mit Ela Ta Sin zu arbeiten und Seminare zu geben, ist inzwischen sehr viel passiert. Ebenso durch das erste Buch „Ela Ta Sin – die Energie der Elohim“ kamen viele Menschen und Erkenntnisse in mein Leben.

Ich möchte dich mit diesem Buch an einige Erfahrungen, die ich auf meinem Weg gemacht habe, heranführen. Es war für mich ein großer Segen diese Erfahrungen zu machen und so wirst du in diesem Buch viele dieser Meilensteine finden. Es werden Einige dabei sein, die zwar sehr persönlich und gleichzeitig sehr wichtig sind, und es gibt eine große Wahrscheinlichkeit, dass vieles davon auch dich betrifft. Insofern wird es gut sein Manches öfter zu lesen und auch langsam zu lesen. Es wird deine Seele sehr berühren und genau das ist der Grund, weshalb ich mich entschlossen habe auch dies zu schreiben.

Du wirst viele neue Dinge hören und manche auch sehen, worüber noch nie geschrieben wurde, denn es ist eine neue Zeit angebrochen in der viele alte Dinge, Rituale und Initiation nicht mehr funktionieren. Die Energie auf der Erde und in unseren Körpern hat sich so erhöht, dass das Alte zurückbleibt und viel Neues in unser Leben kommt. Es werden viele neue Energien auf die Erde gebracht und viele davon müssen wir erst entdecken. Außerdem müssen in unsere Körper und unser System, diese hoch schwingenden Frequenzen erst einmal integriert werden. So ging es auch mir.

Die ersten Einweihung, mit der Energie der Elohim „Ela Ta Sin“, waren richtig umwerfend. Ich hatte das Gefühl, dass mein Herz vorne herausspringen würde, denn das neunte Chakra, vor meinem Herz-Chakra, spielte völlig verrückt. Und es durchfluteten mich so intensiv Gefühle, das ich am Anfang dachte, ich würde es nicht aushalten. Jetzt nach einem Jahr kann ich sagen, dass diese Gefühle ausgelöst wurden durch die reine göttliche Liebe aus weiß goldenen Licht. Es ist ein Segen mit dieser Energie zu arbeiten und eine große Freude zu sehen, was mit den Menschen nach den Einweihungen passiert. Ohne Ausnahme sind sie viel freier, fröhlicher, liebevoller und offener geworden.

Ich wünsche dir viel Freude und viele Segnungen beim Lesen des Buches. Möge es deinen Weg erhellen und die göttliche Liebe und der göttliche Segen dich immer begleiten.

El Mogar Ba

Danksagung

Hiermit danke ich dem himmlischen Vater, Vater und Mutter Gott, dass ich hier sein darf, um seinen Willen und seinen göttlichen Plan zu leben. Ich danke meinen himmlischen Helfern, dass sie mich so hilfreich durch viele Tiefen geführt haben. Ich durfte viel durch sie lernen und ich weiß, dass ich mit dem Lernen immer wieder am Anfang stehe, denn es gibt immer wieder neue Aufgaben und damit viel zu entdecken. Ich freue mich über die Zusammenarbeit, die es gab und die noch kommen wird.

Ich möchte mich besonders bedanken bei Jesus Sananda, dessen Liebe, Führung, Schutz und Segen mich immer begleiten und ich in Freude seine Gegenwart wahrnehmen darf.

Ich bedanke mich ebenso bei meinen Gefährten und Freunden, mit denen ich viel Liebe leben durfte. Ich danke Jan und Caro für ihre tiefe Freundschaft. Ich danke meiner geliebten Freundin Karin und meiner geliebten Zwillings-Seele Andrea für ihre Liebe und viele Stunden der Gemeinsamkeiten. Es ist eine große Freude mit euch beiden zusammen die Ela Ta Sin Seminare zu geben und gemeinsam ein Licht für Andere sein zu können auf ihrem Weg!

In großer Dankbarkeit und Demut gehe ich unbeirrt meinen Weg des Lichtes und der Liebe. Möge mich die allumfassende göttliche Liebe allezeit in Wahrheit, Klarheit, Mitgefühl und mit ihrem Segen auf meinem Wege führen.

So sei es. So ist es. Ich bin der ich bin.

El Mogar Ba

Widmung

Ich widme dieses Buch der Wahrhaftigkeit und Gerechtigkeit, den Sternengeborenen und den physischen Engeln, die zurzeit auf diesem Planeten inkarniert sind und die von „Oben“ kamen, um der Menschheit bei ihrer Weiterentwicklung zu helfen.

Ich widme dieses Buch meinen Brüdern und Schwestern, die mit mir auf dieser wundervollen Erde leben und mit mir gemeinsam an der Heilung der Erde, der Menschheit und unserem Aufstieg arbeiten wollen.

Ebenso widme ich es unseren Geschwistern, die in der inneren Erde leben und sich schon darauf freuen mit uns wieder zusammenzukommen. Genauso den Reichen der Tiere, der Pflanzen, der kleinen Völker, der Elemente, den geistigen Reichen und unserem wahren Sein.

Möge der Himmel auf die Erde kommen und die Menschheit in Achtung und Liebe ihre Wahrheit wieder leben:

Die Leichtigkeit des Seins!

El Mogar Ba

Einleitung

Hi, geliebte Erdengeschwister!

Wir schreiben das Jahr 2007 auf unserer lieben Erde Gaia, Urantia genannt, im Nebadon Universum!

Du findest das zu abgehoben und außerirdisch?

Ja, das ist es auch oder auch nicht, denn die Erde ist offizielles Mitglied der Galaktischen Föderation seit 1995. Am 26.7.2006 hat ein neues galaktisches Jahr begonnen und auf unserem Planeten existieren gleichzeitig verschiedene Realitäten. Während manche Menschen immer noch versuchen das Mittelalter aufrecht zu erhalten, scheinen andere der Meinung zu sein mit Handy, Mikrowelle, Auto, Computer und Flachbildschirm einer fortschrittlichen Zivilisation anzugehören. Andere wiederum fliegen mit Ufos herum, haben geheime Basen auf Mond und Mars und experimentieren mit gefährlichen Waffensystemen herum und halten uns für absolut dumm.

Und dann gibt es diejenigen, die erwachen oder erwacht sind und die die Anwesenheit unserer Freunde im Universum fühlen können. Wenn du dieses Buch liest, wirst du es auch schon mitbekommen haben, sonst würdest du es jetzt nicht in den Händen halten.

Es ist ein Tor zwischen den Welten, das du in den Händen hältst. Deine Gefühle zeigen dir, wenn sich dir diese Welten eröffnen, denn sie werden dein Herz berühren.

Willkommen in meiner Welt, der Welt von „Ela Ta Sin“, der Energie der Elohim.

El Mogar Ba

Rückblende

Es war das Jahr 1995, ich hatte gerade die Einweihung als Meister des Reiki bekommen und ich dachte das war's, aber weit gefehlt!

Ich hatte mir, wie so viele Reikianer, vorgestellt, dass man mit der Meister-Einweihung das Ziel erreicht hätte. Aber jetzt ging das Lernen erst richtig los.

Eine große Frage beschäftigte meine Seele, mein Herz und meinen Verstand: Wer bin ich und was soll ich hier? - Kennst du das?

Irgendwie fühlte ich mich auf der spirituellen Leiter ganz klein und ganz unten. Ich hatte noch sehr viele Ängste in mir, vor so vielen Dingen, und hatte keine Ahnung warum. Meine Gefühle waren in so vielen Dingen einfach völlig durcheinander. Klar, ich hatte einen neuen Weg begonnen und hatte sehr viel verstanden, aber anscheinend noch nicht genug. Also begab ich mich auf die Suche.

Ich hatte gehört von Menschen, die die geistige Welt channeln. Dies wollte ich unbedingt ausprobieren. Ich hörte von einer Frau, die darin sehr gut sein sollte. Ihr Name ist Anita und sie macht die Durchsagen in Reimen. Was dabei herausgekommen ist, möchte ich euch hier schreiben, auch wenn es manchmal sehr persönlich ist.

Jetzt nach 12 Jahren, kann ich sagen, dass vieles von ihren Voraussagen eingetroffen ist. Meine Ängste sind verschwunden und ich mache genau die Arbeit und habe das gelernt, was in dieser Durchsage steht. Es ist ein Meilenstein in meinem Lernen und auf meinem Weg.

Ich habe Anita das erste Mal in meinem Leben gesehen und sie hat das Folgende ohne Pause an einem Stück zu mir gesagt. Es ist wahrlich eine Antwort des Himmels!

Durchsage von Anita

Tja, lieber Ronald, dann spreche ich dir mal die Kassette voll und vieles davon findest du gar nicht so toll, weil du wirst merken, dass du anfängst zu fühlen, denn mit der Energie der allumfassenden Liebe bin ich in der Lage all deine unterdrückten Tränen nach Außen zu spülen.

Du wirst wissen, dass du eine Rolle spielst und niemals, niemals, dein ganzes Leben lang den Menschen zeigst, was du wirklich fühlst. Und schon als du warst ein ganz, ganz kleines Kind, wo du dich hast nach Geborgenheit und Liebe gesehnt, hast du eine hochnäsige Rolle gespielt und hast nie wirklich gezeigt, was der Ronald wirklich fühlt. Und so bist du deine ganze Schulzeit, deine ganzen Jugendjahre, bis Heute gewesen.

Und wenn die Menschen nur in deinem äußeren Umfeld lesen, wenn sie sich nicht die Mühe machen in dein Zentrum des Herzens zu sehen, wissen sie nicht wie viel Traurigkeiten, wie viel Verwundbarkeiten und wie viel Sehnsüchte auch da stehen. Sehnsüchte nicht für die Belange der Erde, sondern Sehnsüchte, dass endlich das erfüllt werde, was dein Herz sich ersehnt und in diesem Zusammenhang sei dein wahres zu Hause erwähnt.

Vor ewigen Zeiten, als du dabei warst hier auf dem Planeten Erde zu schreiten, warst du Inka-Priester und lebtest zur Sonne hin und aus diesem Grunde bist du dabei in vielen Meditationen, in vielen Visionen immer noch die Sonne zu sehen. Aber es ist nicht die Sonne hier als Sonne auf der Erde und damit dir dies bewusster und bewusster werde, möchte ich dich bitten die Augen zu schließen. Du weißt, diesen Zustand magst du so gar nicht genießen, wenn du nichts kannst überschauen und wenn du anfängst deine Gefühle zu sehen und ihnen einmal zu trauen und zu diesen Gefühlen zu stehen.

Du wolltest wissen deines Lebens Sinn und so möchte ich dir

beantworten deine Frage, die dich beschäftigt dein ganzes Leben schon, zu werden die Energie auf Erden von „ICH BIN“!

Also hast du umsonst immer versucht dein Zuhause über dir zu sehen und so wirst du trainiert, als ganz normaler Mensch auf diesem Planeten Erde in dem Bewusstsein zu stehen, hier als Mensch auf der Erde dein wahres Zuhause zu sehen. Und genau das bedeutet es auf Erden zu werden die Energie von „ICH BIN“!

Nicht mehr das Bewusstsein nach Oben in die Spiritualität zu ziehen, sondern du Ronald wirst trainiert auf der Erde zu gehen. Du magst die Erde nicht und ich werde dir prophezeien, dass dieses mehr und mehr nach Außen bricht.

Schon als du warst ein kleines Kind, hast du dich nach deinem wahren Zuhause gesehnt und du wolltest eigentlich gar nicht leben. Und so hat es für dich immer wieder Momente gegeben, da hast du die Füße vom Boden weggezogen. Am liebsten sitzt du ganz nah die Füße unter deinem Körper und am Liebsten hoch droben und dennoch setzt du dich gerade doch auf die Erde, damit dein Körper ein bisschen näher diesem Planeten werde, um endlich Kontakt zu der Erde zu finden, und dich nicht nur immer mit der Spiritualität dort Droben zu verbinden.

Meditationen können für dich nicht funktionieren, weil du dabei bist einen ganz normalen Tag in absoluter Meditation zu führen. Du bist immer mit dem Himmel und der Erde verbunden und so möchte ich heilen alle deine mitgetragenen Wunden. Wenn du als Kind schon so traurig warst und dann zum Himmel hinauf gesehen hast und wolltest wieder nach Hause gehen. Du wurdest trainiert in jedem Stein auf der Erde, in jeder Bierdose in der Hand sogar, Teile deines wahren Zuhauses zu sehen, denn Gott ist Alles, nicht wahr? Und in allem Geschehen. Aus diesem Grunde kannst du aufhören mit deinen ganzen Plagen. In welche Richtung du sonst wirst gehen? Denn du sollst wissen, du bist immer dabei am absolut richtigen Ort zum absolut richtigen Zeitpunkt zu stehen. Du wirst mehr als du glaubst, mehr als du mit dem Verstand auch schaust, getragen und das auch nicht erst in den zukünftigen Tagen, sondern schon dein ganzes Leben, denn viele Male hat es dich in spirituellen Daseinsformen gegeben.

Als Priester im Himalaja. Glaubst du dein Herz ist umsonst hoch oben auf den schneebedeckten Bergen da? Weit, weit fort von den Menschen der Erde, damit dein Bewusstsein nicht berührt von irgendwelchen unreinen Dingen werde?

Im indischen Raum gab es dich viele Male und auch das bleibt nicht nur ein Traum, sondern wieder einmal gehst du dort hin, um dich zu fragen nach deines Lebens Sinn und du wirst erkennen, der Sinn ist dich „ICH BIN" zu nennen.

Und so lasse ich dein wahres Zuhause in deinem Herzen brennen. Die riesige alles erschaffende Sonne. Das alles umfassende Licht. Das ist dein wahres Zuhause, Ronald. Ein anderes Zuhause gibt es nicht.

Es ist nicht ein Zuhause irgendwo auf den Sternen, weder auf den nahen noch in anderen Galaxien den fernen. Überall hoch Droben hat es dich schon gegeben und du bist dabei in vielen Dimensionen noch immer zu leben. Das ist der Grund warum du als kleiner Junge immer so müde warst. Das ist der Grund warum du immer das Gefühl gehabt hast neben dir zu stehen und dir bei verschiedensten Tätigkeiten zuzusehen.

Du lebst immer noch übrigens in den verschiedensten Energien. Und magst du auch so irdisch, temperamentvoll und absolut menschlich hier aussehen, du wirst wissen, du lebst in unterschiedlichsten Dimensionen und trägst in deinem Körper nur einen Teil deiner Energien. Deswegen ist es sinnlos für dich, in Meditationen oder Übungen in anderen Dimensionen etwas zu sehen. Denn wenn du dabei bist, Alles in Allem, dich selber zu sehen, kannst du nichts mehr als etwas Getrenntes wahrnehmen, sondern bist dabei wirklich permanent in Allem zu stehen. Und deswegen fing alles an für dich so absolut alltäglich ohne zauberhafte Wunderwelt auszusehen und dennoch bist du in allen Dimensionen drin.

Dich hat es auf den Plejaden gegeben. Ronald, da warst du dabei in der Rolle eines Kommandanten zu leben. Große Mutterschiffe hattest du zu führen und das ist der Grund, warum Ängste immer noch deine wahren Gefühle berühren. Du magst wahre Gefühle nicht zeigen. Du magst deinen eigenen Gefühlen dich nicht beugen. Lieber spielst du im Außen eine Rolle. Wo der Ronald die Stärke und eine immer größere Stärke hervor hole. Nur keine Schwäche, nur keine Träne zeigen. Doch genau das wird die Zeit dir geben und dein Herz wird sich da hinein beugen endlich zu beginnen wahre Liebe zu leben. Und das bedeutet dich endlich so zu geben, wie du wirklich bist und nicht, wie es dir im Außen am Liebsten ist.

Es hat noch nicht einen einzigen Menschen gegeben, weder deinen Vater noch Freunde, noch eine Frau in deinem Leben, die wirklich durften bis in deines Herzens Zentrum sehen. Immer bist du bis zum heutigen Tage dabei eine Rolle zu spielen mit ganz viel Energien. Und so möchte ich dir prophezeien, werden die nächsten sechs Monate, ab Jetzt, ab Hier, ab Heute, dich nicht in äußere Aktivitäten, sondern in dein Gefühlchaos ziehen und du kannst nicht mehr fliehen.

Du hast versucht nach Innen zu schauen. Durch viele Übungen hast du ja versucht zu deinem Inneren Kind auch Brücken zu bauen. Aber ganz schnell, wenn ein Gefühl dich beginnt zu berühren, bist du dabei deine Konzentration nach Außen zu führen, nur um nicht berührt zu werden, mit dem Ronald hier auf Erden. Und so wird in den nächsten sechs Monaten eine Festung zerbrochen werden, damit du endlich beginnst Liebe zu leben, auch hier auf Erden.

Dein Bewusstsein und auch dein Verstand lässt alle Menschen glauben, du bist ein ganz normaler Ronald hier auf diesem Erdenland und dabei hast du eine riesige Angst vor der Sexualität, weil ein Teil deiner Energien immer noch in den spirituellen Daseinsformen steht. Ich weiß, all die Körperlichkeit hat es für dich gegeben, aber du hast dich niemals getraut wahre Liebe im Einklang mit dem Körper zu leben. Immer gibt es für dich die Energie des Herzens oder die Energie des Körpers, nicht wahr? Aber nicht ein einziges Mal war es für dich da, dass weitere Chakren waren verbunden. Immer hast du um deine Hüften so etwas wie einen Gürtel gewunden. Lebtest entweder die platonische Liebe des Herzens, die Spiritualität und weil der Ronald als ganz normaler Mann auf der Erde geht, darf auch der Körper nicht fehlen und genau das ist der Grund für alle Dinge, die dich quälen. Die Zerrissenheit in dir und das ist der Grund, warum du bist Heute hier.

Ich lenke aus meinem Herzen ein Regenbogenlicht, dass es in dein Herzchakra und dein Unterleib-Chakra bricht, damit bestimmte Farben nicht ängstigen dich, denn manche Farben magst du nicht. Alle Farben hier auf der Erde haben ihre Berechtigung, was dir deutlich gezeigt noch werde. Alle Farben, du brauchst keine zu meiden. Und du wirst trainiert dich auch in alle Farben zu kleiden. Du bist dir der Angst vor bestimmten Farben noch gar nicht bewusst. Doch ab Hier, ab Jetzt, ab Heute, wirst du merken, wie immer mehr Erinnerung an die Oberfläche fließt.

Dich hat es in Atlantis gegeben. Dort hast du mit Steinen geheilt, nicht wahr? Wolltest aber auch Macht anfangen zu leben. Aus diesem Grund hast du dir geschworen, Macht soll es für mich Hier und Jetzt niemals mehr geben. Und deswegen hast du dich gezwungen eine so sensible Rolle zu spielen. Aus diesem Grunde hast du Angst deine wahren Gefühle zu fühlen. Du hast eine riesige Angst Menschen, die du liebst, weh zu tun. Lieber bleibst du mit Menschen umgeben, die am äußeren Rande deines Energiefeldes ruhen, denn du würdest beginnen dich zu geben, weil du dir vorgenommen hast Liebe zu leben.

Liebe kennt keine Grenzen, keinen Raum für dich, nicht wahr?

Aus diesem Grund waren immer Bauchweh für den kleinen Ronald da. Aus diesem Grund versuchst du immer wieder deinen Bauchraum, immer wieder mit den Händen und den Armen, zu schützen, aber du wirst bemerken, Ronald, in Zukunft wird dir dieses nicht mehr viel nützen. Aus diesem Grunde lege ich die große Inka-Sonne in deinen Bauch hinein. Damit endlich aufgelöst wird dein Inneres Schreien. Du wirst trainiert du selber zu sein und du lernst zu sagen „ICH WILL“ und „NEIN“!

Weil du dabei warst, viele Male auch auf dem Planeten Venus zu sein, hast du Liebe kennen gelernt, von der dein Herz noch immer schwärmt. Man brauchte nicht zu kämpfen, man brauchte nicht zu schimpfen. Man hat den Anderen in die Augen gesehen und man ließ alle Masken, alle Rollen vorüber ziehen. Man hat bis auf den Grund der Seele geschaut und eine Brücke von Herz zu Herz gebaut.

Deswegen hast du als kleiner Junge den Menschen schon immer in die Augen gesehen. Mancher Erwachsener konnte das nicht ertragen, konnte das überhaupt nicht verstehen. Aber immer wieder begannen Augen dich wieder anzuziehen. Und so wurdest du trainiert, diese ganze Energie schon und dein ganzes jetziges Leben, zu werden die Energie auf Erden von „ICH BIN“!

Du lebtest bis vor einiger Zeit ziemlich stark den Verstand und der lenkte auch deine irdische Hand. Wäre das nicht so gewesen, wärest du schon längst verbrannt. Nur die Menschen die auf der spirituellen Leiter von Unten nach Oben gehen, nur die sind es, die es als notwendig ansehen, dass der Verstand wird gebannt. Für uns, die wir von Oben nach Unten kommen, ist er überlebensnotwendig hier im Erdenland. Aus diesem Grunde, der Ronald, erst seit einiger Zeit seine wahre Spiritualität Stück für Stück fand.

In jungen Jahren warst du immer von dem Bewusstsein getragen, es gibt etwas zwischen Himmel und Erden und irgendwann wird es dir bewusster und bewusster werden, aber du wolltest erst einmal die Erde leben. Wäre es nicht so gewesen, würde es dich gar nicht mehr geben, denn du wolltest nach Hause, schon all die Jahre mehr als dir ist bewusst.

Du hast dich nach Außen so gegeben, als mache dir dieses Erdendasein Spaß und als hättest du Lust am Leben. Du weißt ja aber, wie viel Schwierigkeiten es wirklich beim alltäglichen Dasein für dich hat gegeben.

Und so möchte ich dir etwas über deine Chakren sagen, damit du aufhörst dich wegen deiner Spiritualität zu plagen, sondern fang an, dass dich deine Füße erst einmal über diese Erde tragen.

Dein Kronenchakra ist weit auf und ein violett-goldenes Licht fließt herauf. Weißt du was das bedeutet? Das die Christusenergie dich begleitet.

Du brauchst diese Worte ja nicht zu glauben, denn den Verstand möchte ich dir nicht rauben, aber du wirst beginnen zu fühlen. Denn immer dann, wenn bestimmte Energien in Worten, Empfindungen an die Oberfläche spülen, hat es mit dir zu tun. Und dieses wird geschehen ab Hier, ab Jetzt, ab Nun.

Dein Drittes Auge, das ist weit auf und seit vielen Inkarnationen fließt deine Hellsicht herauf. Aber du willst diese Fähigkeit nicht, nicht wahr? Weil der Ronald viele Male als Zigeunerin auf diesem Planeten Erde war da. Immer von den Menschen getrieben. Immer durfte er nur diese Fähigkeiten lieben, aber niemals die Liebe zu einem Menschen genießen und deswegen hast du riesige Angst davor, die Fähigkeiten deines Dritten Auges in dein Leben zu gießen.

Dein Kehlkopfchakra ist gar nicht richtig da. Du kannst reden und du kannst lachen. Du kannst viele, viele lustige Sprüche machen, aber immer bist du dabei dich anders zu geben, als du dich wirklich fühlst in dir im Leben.

So öffne ich dein Kehlkopfchakra dir, damit der innere Ronald den äußeren berührt. Ich lenke aus meinem Herzen ein Regenbogenlicht, denn der Regenbogen ist das Einzige, was der Ronald fürchtet nicht. Schon als du warst noch ein ganz kleines Kind, hast du dich nach dem Regenbogen gesehnt, nur dieses niemals gegenüber jemanden erwähnt. Wie glücklich bist du viele Male gewesen, wenn du hast einen Regenbogen am Himmel gelesen. Das war für dich das große Himmelstor, wo ein bisschen dein wahres Zuhause fließt hervor. Und traurig warst du, nicht wahr? Weil keine Stufen waren da. Du konntest den Regenbogen nicht beginnen nach Oben zu gehen. Und als du hast dann wirklich einen Regenbogen von einem Ende der Erde kommend zum anderen Ende der Erde gehend sehen, da war es sogar um dein Glücksgefühl geschehen. – Was, sollte der Regenbogen wirklich nur von einem Ende zum anderen der Erde gehen? Ich dachte er würde mich in den Himmel ziehen! –

All dies wurde gelesen in dir, wurde als du klein warst schon in dir gesehen. Immer wieder warst du dabei Draußen zu stehen. Drinnen hat dich kaum etwas gehalten und Ängste waren dabei in deinem Bewusstsein zu walten. Ängste die auch haben mit deinem Kehlkopfchakra zu tun. Und da ich dabei bin es aufzulösen nun, erkläre ich dir warum Ängste haben den Ronald berührt.

Drei Inkarnationen hat es für dich gegeben, da wurde durch Erhängen dein Leben beendet durch Menschenhand, die dich haben oben an den Galgen gebannt und du hattest nichts getan. Nur weil der Ronald damals begann als Heiler zu leben. Und so wurde dir auf der eine Seite der Wunsch zu heilen wieder in diese Inkarnation mitgegeben und auf der anderen Seite aber eine ganz große Angst. Dies verhindert bis zum Augenblick noch, dass du dich wirklich voll und ganz entfalten kannst.

Du weißt, du kennst ganz viel über Energie, nicht wahr? Weil der Ronald in anderen Formen auch im alten Ägypten war da. Du kannst Kraftplätze fühlen. Du kannst mit Energien spielen. Du hast das Bewusstsein von Klang, von Ton und von Formen sowieso doch schon. Doch als du lebtest mit diesen Energien, als du dabei warst nicht nur durch Ägypten, sondern in viel, viel späteren Inkarnationen als Hexe durch den schottischen Raum zu ziehen, brachte man dich auf den Scheiterhaufen, wo du gebunden warst, du konntest nicht fliehen und das sind alles Ängste, die in deiner Erinnerung stehen. Deswegen hattest du ganz oft das Gefühl, dass dir jemand die Hände und die Füße binden will. Du konntest nicht so schnell laufen, wie du vorwärts wolltest, nicht wahr? Und genau dieses Empfinden war für dich als kleiner Junge schon da.

So lenke ich ein Regenbogenlicht, dass es in dein Kehlkopfchakra bricht und lasse dich fühlen Galgenschlingen gibt es nicht, denn dein ganzes Wesen ist Liebe und Licht. Auch Fesseln an deinen Händen und Füßen gibt es nicht, denn deine Handgelenke, deine Fußgelenke sind allumfassende Liebe und leuchtendes Licht.

Und du wirst erleben, wie ab Hier, ab Jetzt, ab Heute aufbricht. Auch enge Räume für dich gibt es nicht. In vielen engen Räumen bist du gewesen. Aus diesem Grunde kannst du noch immer Unbehagen in deinem Bauchraum lesen. In viele enge Räume wurdest du eingesperrt.

Und weißt du, Ronald, für angehende Priester in früheren ägyptischen Leben, hatte es sich gehört viele Prüfungen zu bestehen und man musste in die dunkelsten Grabkammern gehen. Man musste den Tod übersehen. Und genau das ist dabei immer noch als Erinnerung in deinem Unterbewusstsein zu stehen. Aus diesem Grunde bitte ich dich, fühle einfach hin in deine Energie, die Energie vom ewigen „ICH BIN“

Ich nehme dein Herz in meine Hände und ich erinnere dich an die brennende Flamme darin, dein eigenes ewiges Licht. Lass dieses Licht doch größer und größer werden. Lass dieses Licht doch deinen ganzen Körper durchfluten hier auf Erden. Und wenn du atmest und atmest aus, lass doch dein eigenes Strahlen aus jeder Pore des menschlichen Körpers heraus. Was beginnt in der dunklen Grabkammer zu sein? Dein eigener heller Schein. Und weißt du nicht, dass dieses Licht trägt eine solche Energie, dass es durch jede Mauer, durch jede Metallplatte, durch jedes Material der Erde zieht. Und so ist es mein Wille, dass es Hier und Jetzt geschieht. Keine Grabkammer, kein enger Raum, keine Mauer mehr auf Erden, kann Bedrohung für dich werden. Du wirst erkennen mehr und mehr dein eigenes Licht, also fürchte enge Räume nicht.

Und Menschen machen dir noch Angst, die du sehr wohl vor den Anderen verbergen kannst. Aber wenn man in der Lage ist in dein Herz zu sehen, weiß man wie viele Ängste darinnen stehen. Lass dein Licht nach Außen ziehen, dann können sie dir nicht mehr klauen deine Energien. Dann können sie aus deinem Bauchraum deine Energien nicht nehmen. Und du wirst trainiert, dir deinen Raum zu erkämpfen und dich dessen nicht mehr zu schämen. Lerne zu sagen: „ICH WILL! Jetzt gehe ich meinen Weg und ihr Anderen seid still!“

Dein Weg ist mit Vernunft nicht mehr zu erklären und das wirst du im nächsten halben Jahr beginnen mehr und mehr zu spüren. Du kannst nicht mehr planen mit deinem menschlichen Verstand, deinen irdischen Beruf, hier für dieses Erdenland. Du wirst von deinem eigenen Licht getragen und das beweise ich dir in allen zukünftigen Tagen.

Wenn man dabei ist die Energie von „ICH BIN“ zu gehen, lebt man das **absolute Vertrauen in die Fülle des Kosmos** und dieses begann für dich ja schon so zu geschehen. Doch du hast immer noch versucht ein bisschen, ein bisschen noch die Richtung zu erkennen, ein bisschen zu planen, ein bisschen noch Alles zu übersehen.

Und so möchte ich dir prophezeien, ein ziemliches Chaos wird für die nächsten Monate geschehen. Doch du sollst wissen, du wirst nur trainiert wirklich zu leben die Energie von „ICH BIN“ und diese Energie braucht nicht drei Tage im Voraus schon die Finanzen für eine Rechnung zu sehen. Die Energie von „ICH BIN“

weiß, dass es genau in der Sekunde, wo es ans bezahlen geht, beginnt dann dorthin zu ziehen. Dann erst beginnst du alles das zu leben, was du hast in vielen Büchern geschrieben gesehen. Doch dort blieb es stehen, wenn ein Mensch nicht gewillt ist in das absolute Vertrauen auch selber zu gehen, bleiben die Worte hohl und leer, bleiben in Zukunft Seminare leer, bleiben in Zukunft viele Menschen fort, denn an diesen ehemalige Ort, wo alles wurde angenommen, hat etwas Anderes zu wachsen begonnen.

Die Menschen werden alle, alle samt absolut wach. Für das, was bei Demjenigen, der Seminare hält, kommt an den Tag, ob man lehrt, was man irgendwo gelesen hat oder gehört, oder ob man die Erfahrung bei dem, der etwas weitergibt verspürt. Aus diesem Grunde wurdest du in viele Situationen geführt, wo du nicht mehr planen konntest, nicht wahr? Und ein ziemliches Chaos war da. Doch wenn du nicht den Mut hast die Spontaneität im Hier und Jetzt zu leben, wie soll es dann für dich denn wirklich die Erfahrung der kosmischen Fülle und des Getragenseins geben. Und so wirst du trainiert, mehr als dir lieb ist, einfach nur dich selber zu leben. Das, Ronald, bedeutet aber auch dich nicht mehr anders zu geben als du wirklich fühlst. Das bedeutet, dass du nicht mehr diese ganzen Tränen nach Unten spülst und fast drohst daran zu ersticken.

Und so möchte ich viele Jahre überbrücken, als du noch warst ein ganz, ganz kleines Kind, hast du viele Male nach Luft gerungen, nach einem freien Atem dich gesehnt. Und so sei es Hier und Jetzt nur am Rande erwähnt, denn dein eigenes Herzensstrahlen lässt die Last auf deinen Brustkorb fallen und endlich erhältst du Raum soviel zu atmen, dass du glaubst, das sei nur möglich in einem Traum.

Ich halte dein Herz in meinen Händen, damit du anfängst dich selber wirklich zu finden und damit du in der Lage bist, alle Chakren miteinander in Liebe zu verbinden. Und so wirst du in deinem Herzchakra noch geschlossen finden die Tür, die nämlich führt zu dir. Das ist ein weiterer Grund, warum du bist hier. In deinem ganzen früheren spirituellen Leben wurde gelehrt, man muss, wenn man in den Himmel will, geben, geben, geben. Hier wirst du trainiert auch zu nehmen für dich in diesem Leben. Das hat nichts mit Ego, mit Egoismus zu tun, das bedeutet im Einklang mit dem kosmischen Plan zu ruhen.

So halte ich dein Herz in meinen Händen. Nun, wann immer du die Vorstellung im Kopfe hast, wirst du merken, dich dabei noch zu winden. Am Liebsten möchtest du aufspringen und selber gehen, am Liebsten wieder Boden unter deinen Füßen sehen, anstatt dich tragen zu lassen und nicht mehr zu gehen. Und dieses Training wird geschehen.

Dein Bauchchakra ist viel zu weit auf und all deine Energie fließt herauf. Weißt du, als du vorhin hast an der Tür gestanden, war dein ganzer Bauchraum mit jedem Raum dieses Hauses schon verbunden. Das ist der Grund, warum alles in dir ist wund. Wenn du ein Kaufhaus gerade zu dieser Jahreszeit betrittst, wo du vor lauter Ängsten schwitzt. Au, ich muss hier raus, ich halte diese Enge einfach gar nicht aus. Über viele, viele Meter ziehen deine Bauchenergien. Erinnere dich an die Sonne darin. Und so lass ich die Inkasonne strahlen, damit endlich deine Emotionen auch nach Oben fallen, damit du endlich beginnst deine eigenen Gefühle zu sehen. Und ich sage dir, welche Emotionen dort im Bachraum noch stehen. Bitterkeit ist da, weil ich nehme einen kleinen Jungen dort wahr, der versucht es seinem Vater recht zu machen. Egal was er anstellte, alles im Außen, war nur dabei zusammen zu krachen. Er hatte niemals das Gefühl gut genug zu sein und aus diesem Grund ist in deinem Bauchraum immer noch ein großes Schreien. Weil du alles hast in deiner Macht stehende getan, fing ein bisschen Verbitterung zu wachsen an, alles ungeweinte Tränen, die du brauchst nicht Anderen, aber die du solltest dir gegenüber wenigstens erwähnen, damit sie nach oben beginnen zu fließen und dir nicht den ganzen Tag verdrießen.

Ein Schatten ist auf deiner Bauchspeicheldrüse da. Nichts Organisches, aber der Ronald nimmt kein bisschen Selbstliebe wahr. Für die Menschen in deinem Umfeld sieht es ganz, ganz anders aus. Aber wenn du mal schaust in dein eigenes inneres emotionales Haus, ist da ein kleines Kind, was sich nach Liebe sehnt.

Weißt du, warum du Angst hast dich wirklich zu verlieben? Weil in deinem ganzen Unterbewusstsein steht noch geschrieben, wenn ich dabei bin wirklich zu lieben, halte ich den Schmerz nicht aus den Anderen zu verlieren, denn dieses musstest du in fünf Inkarnationen spüren. Als du lebtest in zwei Inkarnationen als Mann, der wirklich aus ganzem Herzen zu lieben begann, starb deine Frau schon in ganz, ganz jungen Jahren und diesen Schmerz hast du mit dir bis Heute herum getragen. Und die anderen drei Inkarnationen, als du dabei warst in einem weiblichen Körper zu wohnen, gab es den geliebten Mann in deinem Leben. Der hatte aber der Spiritualität das Jawort gegeben, ging als Priester hinter dicke Klostermauern und hat sich entschlossen lieber dort ohne irdische Gefühle zu kauern.

Du als Frau mit liebendem Herzen, du konntest dieses sehr wohl verstehen, aber du warst dabei wegen dieser unerfüllten Liebe zu vergehen. Und dieses Bewusstsein an diese Inkarnationen zieht sich bis in dieses Leben hin. Kannst du jetzt viele deiner Reaktionen im Alltag besser verstehen?

Und so lenke ich ein Regenbogenlicht in deine Emotionen, damit diese Erinnerungen mögen vergehen, denn dieses wird so nicht wieder geschehen. Hör auf dich immer und immer wieder zurück zu ziehen, sondern fang an zu deinen wahren Empfindungen auch zu stehen.

Ich lenke mein Regenbogenlicht, damit endlich das Unterleib-Chakra sich richtig dreht und ganz aufbricht, ohne Angst, dass du deine Spiritualität noch beschmutzen kannst, wenn du beginnst deinen Körper zu lieben.

Wisse, in diesem neuen Zeitalter werden neue spirituelle Bücher geschrieben. Das Herzchakra wird mit dem Unterleib-Chakra verbunden, denn eine alles umfassende Liebe hat jetzt zu den Menschen gefunden. Wir gehen nicht mehr in den Himmel hier vom Ort der Erde, sondern wurde es nicht prophezeit, dass der Himmel lebbar werde, hier auf diesem Planeten in menschlicher Gestalt? Und dieses hält Einzug und wird gelebt schon sehr, sehr bald.

Als du noch ein junger Mann, sehr sehr junger Mann, gewesen bist, hast du dich so cool und lässig nach Außen gegeben, aber jedes Mal die wahre Liebe vermisst. Du hast begonnen den Mädchen tief in die Augen zu sehen, aber immer fandest du nicht das, was darinnen sollte stehen. Deswegen hast du begonnen dich im Außen zu geben besonders cool und lässig auszusehen, aber Schmerz war in deinem Herzen drin.

Dein Wurzelchakra, glaub es oder glaub es nicht, funktioniert seit Jahren nicht. Du hast eine solche Angst vor dem Planeten Erde. Aus diesem Grund der Ronald in die Natur geführt werde. Da es dich hat als Indianer viele Male gegeben, kannst du in diesem Leben Frieden empfinden, wenn du in der Natur darfst leben. Deswegen zog es dich als kleines Kind in die Natur hin und du hast dich nach diesem Frieden gesehnt.

Weißt du noch, wie ein Sonnenstrahl durch die Bäume kroch? Dies war für dich so wunderbar, wenn der kleine Ronald den Strahl der Liebe des Himmels durch die Bäume fließen sah und du wusstest, viele andere Wesen sind da. Du warst traurig, denn du nahmst sie nur energetisch wahr. Aber du wolltest sie sehen und du wusstest, dass viele von ihnen hinter den Bäumen stehen. Du hast geglaubt an Wunder, nicht wahr? Und so sind sie ab Hier, ab Jetzt, ab Heute, wieder für dich da.

Du wolltest in die Astralebenen gehen. Ach, viele, viele Male hab ich dich üben sehen, das sollte so noch nicht geschehen. Du wirst den Sinn aber gleich verstehen.

Da du dabei bist noch gar nicht richtig auf der Erde zu gehen, würde es dich immer mehr zur Astralebene ziehen und du kämst zur Erde nicht mehr zurück. Dein Körper würde zerbrechen Stück für Stück. Und man würde dich erklären für verrückt und das würdest du auch werden hier auf Erden. Da aber der Kosmos allumfassende Liebe ist, da er weiß, wie du all diese Ebenen vermisst, wirst du Stück für Stück trainiert, dass der Ronald die Erde berührt und dann wirst du in alle Ebenen bewusst auch geführt.

Du hast nur ein vages Wissen um deine Medialität, nicht wahr? Aber eine so große Medialität ist da. Du kannst in jedem Stein beginnen zu gehen und du wirst dort Wesenheiten lebend sehen. Du kannst mit Tieren reden und mit Bäumen, nicht nur in deinen Kinderträumen. Du trägst das Wissen vieler Indianerkulturen und dieses Wissen trägst du in dir komplett und nicht nur in Spuren.

Als du Indianerhäuptling warst und dich auch des Heilens befähigt sahst, hast du den Adler gerufen, den Adler zu dir, und er brachte dich wie eine Himmelstür. Du rauchtest eine ganz bestimmte Pfeife mit einem ganz bestimmten Kraut und so wurde der irdische Verstand ein wenig abgebaut. Und dann begann der Adler wieder seine Kreise zu ziehen und du mit ihm, wurdest in andere Welten geholt, hast mit Wesen dort geredet, manchmal etwas verstohlen, warst immer dabei Heilung aus allen Ebenen zu holen und brachtest sie den kranken Menschen zurück, auch den Tieren und der Natur Stück für Stück. Deswegen ist in dir der Wunsch noch geblieben in die astralen Welten zu reisen und diese zu lieben.

Doch jetzt wird ein neues Buch geschrieben. Jetzt wird geheilt dadurch, dass wir einfach nur lieben, durch unser eigenes Licht. Deswegen geschieht so Vieles, was du dir ersehntest, in dieser Inkarnation, so nicht.

Du wurdest mit dem Indianertum verbunden, um ein bisschen, ein bisschen Freude an der Erde zu erhalten, sonst hättest du dich schon längst emporgehoben und so hast du wenigstens ein kleines bisschen Frieden gefunden. Und so fühle, wenn du magst, einfach hin, in die Energie der Liebe, die begonnen hat in dir zu stehen. Schon als du begonnen hast vor 2000 Jahren durch Israel zu gehen.

Dich gab es am Toten Meer. Glaub diese Worte oder glaub sie niemals mehr. Doch wenn eines dieser Worte dein Herz auch nur etwas berührt, weißt du, es ist ein Wort, das führt zu dir. Du hast von Qumran und den Essenern gehört. Und du wurdest von verschiedensten Dingen dort tief in das Zentrum deines Herzens geführt. Warum meinst du wohl ist dieses geschehen? Weil du dabei warst als Essener durch diese Gebiete zu gehen. Die Essener aber damals lebten das Zölibat und strengste Askese fand statt. Sie durften die Erde, die Körper, nicht lieben, denn sie hatten sich Gott verschrieben. Doch es wird der Erde jetzt gezeigt, wenn das Herz sich wirklich in Demut beugt, kann man Gott in Allem sehen. Deswegen werden wir trainiert auch zu unseren Körpern zu stehen und uns unsere Wünsche genau anzusehen. Somit also zu werden auf Erden die Energie von „ICH BIN“.

Es gab einen jungen Mann, den der Ronald seit 2000 Jahren nicht vergessen kann. Seine Augen sind immer noch da. Dein Herz nimmt diese Liebe wahr. Von der normalen Religion hast du niemals viel gehalten, weil du wusstest, dass die Energien, die damals lebten, dabei waren Alles ganz anders zu gestalten, als man es den Menschen heute beibringt und Ziel lehrt. Du wusstest als kleiner Junge schon, durch die normale Religion werden die Menschen in die Irre geführt. Aber man kann nicht sagen, dass Religion dein Herz nicht berührt, weil der Ronald ein Augenpaar noch immer verspürt. Und noch etwas wird an die Oberfläche geführt, da der Ronald sein Essenerdasein noch immer verspürt, gibt es die Zerrissenheit in dir.

Was ist jetzt wirklich die eigentliche, richtige Wahrheit? Warum ist man wirklich hier? Gesetze der Reinheit zu leben oder den Mut zu haben sich einfach in die Liebe hinzugeben?

Damals als Essener, hast du dir vorgenommen, die Gesetze zu leben. Was glaubst du? Warum hat deine Seele ein Jahr für diese Inkarnation gegeben, Hingabe in die Liebe zu leben. Wahre Liebe, Ronald, wertet nicht. Wahre Liebe ist einfach leuchtendes Licht. Wahre Liebe braucht keine Angst mehr zu haben, dass die Füße einen in die falsche Richtung tragen. Aber weißt du, nur wenn man versucht mit dem Herzen einer Frau verstehen, weiß man was wahre Liebe ist . Dann lernt man wahre Liebe zu sehen, in die absolute Hingabe zu gehen. Die Männer wollen immer noch verstehen, das heißt aber nicht in die Liebe zu gehen. Wahre Liebe zu leben bedeutet, es braucht keine Beweise mehr zu geben, bedeutet absolut zu vertrauen. Du bist immer noch dabei zu versuchen die Richtung und die Ebenen zu schauen, die dich dirigieren. Du hältst immer noch daran fest, dass es Wesen gibt, die die Menschen in die Irre führen. So sieht man aber nicht, wenn man begonnen hat, Gott, dass man ihn lebt. Dann weiß man, dass es diese Energie nur gibt in allen Kostümen, da braucht man nichts mehr zu sühnen. Dann weiß man, es gibt kein Karma mehr. Dann weiß man, das Schuldenkonto ist so leer. Und da du weißt, es gibt keine Zufälle mehr, sage ich dieses hier nicht ohne Grund, denn ich kenne doch den Teil in deinem Herzen, der ist dort so unsagbar wund, weil du noch dabei bist an altes Karma zu glauben. Lass dir von deinem Verstand die Liebe deines Herzens nicht rauben. Dein Herz ist leuchtendes Licht, was durch jede Zelle der physischen Gestalt doch bricht, fürchte doch die Erde nicht.

Weißt du, damals als du dabei warst, als Essener zu leben, es gab dich dort in mehreren Inkarnationen, so dass du dabei warst viele Male solch ein Lebensmuster zu leben, da hat es ein ganz hartes Wort gegeben: EGO, nicht wahr? Aber der Mann, der in deinem Herzen als Liebe ist da, erklärte etwas auf wunderbare Weise und gab es den Menschen auf die Erdenreise: EGO bedeutet ICH, aber eine Trennung zwischen mir und dem Vater gibt es nicht! Das heißt, wenn du jetzt trainiert wirst ICH WILL zu sagen, erhältst du gleichzeitig das Bewusstsein, dass dein ICH WILL dabei ist den

Willen des Himmlischen Vaters zu tragen. Es hat nichts mehr zu tun mit dem Willen von deinem Verstand, denn die Liebe lenkt dich durch das Erdenland.

Und wir haben uns vor 2000 ebenfalls gesehen. Du konntest ihn, den ich Jeshua nannte, damals nicht verstehen, dass er ließ Frauen mit sich ziehen. Auch in diesen Worten liegen noch Energien, die dein Herz berühren. Das war der Grund warum du bis zum heutigen Tag Frauen gegenüber dich ein bisschen seltsam aufzuführen. Immer mit einem großen Abstand, ein bisschen Verachtung auch, nicht wahr? Aber wenn man begonnen hat, dass man in das Zentrum deines Herzens sah, dann nimmt man etwas Anderes wahr. Ein Sehnen nach Liebe ist da. So errichte ich um dich die große Pyramide aus Gizeh aus goldweißem Licht und ich nehme die Spitze fort. Und ich lenke auf meine Bitte hin, durch diesen Ort aus dem Herzen des Himmlischen Vaters, den großen Kosmischen Strahl, damit jeder Schleier in deinem Bewusstsein falle, denn du kamst hier auf diese Erden, um dir deiner Christus-Energie bewusst zu werden und sie als Mensch menschlich zu leben. Deshalb darf es als Mensch auch viele Schwächen ruhig geben. Und ich lenke dieses rotgoldene weiße Licht, dass es durch dein Kronenchakra, dass es durch alle Chakren bricht. Und ich lenke es durch die Fuß-Chakren bis ins Zentrum der Erde, damit in dir als menschliche Gestalt, der Himmel auf dieser Erde verankert werde.

Als Lichtsäule hast du begonnen zu gehen. Als Lichtsäule hast du begonnen dich viele Male zu sehen. Als Spirale warst du dabei dich viele Male von Unten nach Oben und Unten nach Unten zu drehen. Jetzt fängst du an in dieser Energie als Mensch auch ganz menschlich zu gehen und dich als Mensch strahlend zu sehen.

Da du Angst vor der Einsamkeit hast und diese Angst mit dir herumschleppst wie eine riesige Last, Niemand ahnt, dass du solche Ängste hast, lass ich dich in dieser Pyramide nicht allein. Es wird eine weibliche Wesenheit mit dir sein.

Und auch sie wird durchdrungen vom kosmischen Licht und es gibt diese Trennung zwischen euren beiden Körpern dann nicht. Dann hast du keine Angst mehr wirklich zu lieben. Dann wird für dich ein neues Lebensmuster geschrieben: Offenheit und Liebe ganz, ganz weit, mit einem Recht auf deinen Raum und dieses beginnst du aufzubauen.

Lass diese weibliche Wesenheit dein Herz in den Händen halten und sei wenigstens in der Übung bereit, nicht ganz schnell wieder alles selber zu gestalten, sondern einmal mit Liebe zu leben, damit du anfängst auch für dich ein glückliches Erdenmuster auch zu werden, denn Ängste hat es für dich genug gegeben. Du sollst endlich dich selber leben.

In den Pyramiden, in denen du auch niemals durftest lieben, in denen du Astrologe und Hohepriester warst und immer nur das Wissenswerte, die Weisheit, leben durftest und die Gefühle niemals lebendig sahst, gab es damals das Zepter vom Nilschlüssel in deiner Hand. Dieses Zepter sei jetzt von dort verbannt. Ich gebe dir eine kleine weiße Rose in die Hand und dass von ihr ausgehende Band der absolut reinen Liebe, damit keine Wunde mehr bliebe und keine Angst, damit du dich selber fühlen, leben und ausdrücken kannst und dich nicht mehr verschanzt.

So beginnt die Mauer der Pyramide zu fallen, denn durchdrungen werden die Mauern durch des Herzens Strahl. So kannst du beginnen zu strahlen, Ronald, weit, weit in den Kosmos hinaus. So kannst du es erreichen zu fühlen dein ewiges Zuhaus. Strahle durch den Planeten Erde. Nimm wahr, wie heller und heller dein Strahlen werde. Strahl in das Universum, in alle Galaxien. Lass dein Strahlen durch alle Milchstraßen ziehen.

Du kannst in alle Dimensionen gehen, bleib nicht nur in einer stehen. Du wirst trainiert auf Erden die Energie von ICH BIN, dass heißt du wirst trainiert dein all umfassendes Zuhause zu sehen und dennoch auf der Erde zu gehen.

Und so segne ich dich.

ICH BIN die ICH BIN

Hiermit bedanke ich mich von ganzem Herzen und ganzer Seele bei dir Anita für diesen Segen.

El Mogar Ba

Zurück im Hier und Jetzt

So, ich hoffe du hast das Channeling von Anita gut überstanden. Es ist erstaunlich, wenn man es nach längerer Zeit hört und liest, wie unterschiedlich man selbst diese gesprochenen Worte aufnimmt. Durch meine Weiterentwicklung verstehe ich ihre Worte ganz anders als damals, denn meine Erfahrungen haben mich vieles gelehrt. Man liest und versteht immer nur das, was dem eigenen Bewusstsein entspricht. Es gibt einen schönen alten Spruch, der mir damals Hoffnung gemacht hat, dass auch ich es schaffen kann, mich selbst zu finden.

Jeder Verbrecher hat eine Zukunft und jeder Heilige eine Vergangenheit!

Wenn du magst und das vorherige verdaut hast, möchte ich dich an etwas heranführen, was man Seelenchanneling nennt. Diese wunderschöne Antwort des Himmels habe ich durch Diana erfahren dürfen. Sie macht es sehr liebevoll und genauso, wie ich, mit viel Humor. Dieses Channeling ist ebenfalls ein großes Geschenk für mich, denn es hat mich in meinem Tun bestätigt. Nach diesem Channeling habe ich ein Seminar bei Diana und ihrem Partner José, gemeinsam mit Andrea, absolviert. Es hat mir viel Klarheit gegeben und es fällt mir jetzt viel leichter, ebenfalls Durchsagen zu machen, auch auf Seelenebene, und dies in meine Arbeit zu integrieren. Es macht Vieles in der Arbeit leichter und auch in den Heilungen, denn die Seele sagt, was derjenige gerade braucht und was zu tun ist. Hier habe ich Einiges weggelassen, da es zum einen doch zu persönlich und andererseits auch zu brisant wäre, dies hier kundzutun, denn es hat auch mit meinem Seelenauftrag zu tun und daher schweige ich zum eigenen Schutz.

Genieße das folgende Seelenchanneling und fühle dabei in dich selbst hinein, denn es wird auch deine Seele berühren und vielleicht sagt sie dir, was sie gerade möchte und fühlt.

Seelen-Channeling

Auszüge aus dem Seelen-Channeling mit Diana am 21.11.2006

Deine Seele ist wütend und ich sehe, dass sie vor Zorn fast zittert. Sie ballt die Fäuste und muss erst einmal tief durchatmen. Sag mir liebe Seele, warum bist du so wütend?

Das ganze Land ist ein einziger Haufen von Schmodder und Dreck ...*(Lachen)*.... und ich stehe bis zu den Knöcheln und manchmal bis zu den Knien darin versenkt! Und ich wünsche mir einen freien, schönen Boden unter den Füßen. Ich wünsche mir Licht und Liebe für alle Seelen und ich wünsche ein schönes Land frei von Besetzungen. Ich möchte keine Fremdenergien mehr, die bei uns wohnen. Sie kommen in dicken, schwarzen Staubwolken geflogen und setzen sich wie Hornissennester in die Köpfe der Menschen, in ihre Herzen und auch in ihre Brust. Und manchmal verfälschen sie Worte und sogar Handlungen. Das ist nicht rechtens.

Ich weiß, dass es an jedem Einen selber liegt seine Verantwortung zu übernehmen, aber Menschen müssen zur Bewusstheit kommen und das ist ein langer Weg.

Und so wie man kleine Kinder davor bewahrt in einen Brunnen zu fallen, so müssen die Menschen an der Hand genommen werden und gelehrt bekommen, was rechtens ist. Das dauert eine Zeit, gewiss, aber man schützt ja auch seine Kinder davor, vor Räubern und schlechten Straßen, vor Dieben und Heuchlern und vor allem Unguten. Also habe ich auch das Recht die Menschen zu schützen, die noch nicht einen hohen Bewusstseinsgrad erlangt haben und sie an der Hand zu nehmen, wie ein Kind und sie zu behüten, bis es soweit ist, dass sie selbst erkennen können. Das ist meine Meinung dazu!

Ich habe lange darüber nachgedacht, ob ich da in ein Geschehen eingreife, was mir nicht gebührt. Ich habe mir, weiß Gott, Zeit genommen um zu erschaffen was rechtens ist und auch meine

Handlungsfreiheit zu begründen. Ich muss einen guten Grund haben um etwas tun zu dürfen. Und es ist nicht so, dass der Zweck die Mittel heiligt. Im Gegenteil, ich bemühe mich in meiner Arbeit korrekt zu sein. Ich habe gut und gern und lang überlegt und ich bin mir sicher mit dem, was ich erreichen will. Und darum werde ich geradlinig sein und direkt auf das Ziel zusteuern. Ich werde nicht Rechts und nicht Links schauen, sondern ich werde die Sache an der Wurzel des Übels packen und direkt in den Kern hineinstoßen. Das bedeutet, wenn ich im Zentrums des Sturmes bin, müsste ich einen guten Schutz haben. So sagt die Theorie. *(Lachen)*

Ich muss grad lachen, deine Seele ist einfach klasse! Wie fühlt sich das an für dich, Ronald?

So bin ich!

Dachte ich mir fast! Du hast eine starke und sehr klare Seele! OK, liebe Seele, dein Wachbewusstsein hat den Wunsch an dich, dass ihr eure Arbeit noch qualitativ verbessert und es geht auch um das Channeling. Gibt es noch etwas zu verbessern?

Ich möchte die höchsten göttlichen Quellen noch weiter ausschöpfen. Ich möchte die Informationen klar und rein bekommen und ich möchte auf die höchsten Schöpfungsebenen gehen. Ich möchte Schöpfungspläne einsehen und verstehen und begreifen lernen. Es ist mit Nichtigen so, dass ich in etwas eingreifen möchte. Vielmehr geht es mir darum Bewusstheit zu erlangen. Es ist mir ein höchstes Bedürfnis im höchsten göttlichen Sein, auf höchsten göttlichen Ebenen zu sehen und zu verstehen. Ich möchte nicht falsch urteilen oder richten. Ich bin darum bemüht allseits korrekt zu sein und darum ist für mich die höchste Ebene so wichtig. Ich möchte das höchste göttliche Licht zur Verfügung haben, damit ich im Rechten sehen und beschauen kann. Und auch die Handlungen, die durch mich fließen, einen guten Grund und Boden haben. Ich bin kein Racheengel der Nation, sondern ich bin ein Beschützer meines Volkes!

Jetzt kommt gerade so ein Bild aus einem anderen Leben rein. Da sehe ich dich als einen Kriegerkönig, als Sarazenen!

Sie haben gemordet und geheuchelt, aber ich habe mein Volk nicht billigen lassen. Ich bin als Erster vor das Tor getreten und habe gesagt: „Wer zu meinem Volk will, der muss an mir vorbei!“ Und sie haben sich zu fürchten begonnen, denn meine Kraft war groß und da wo die Gerechtigkeit Gottes steht, kann kein Pfand landen!

Das ist wohl eine alte Sprache! Ich sehe dich dort vor dem Stadttor stehen in Rüstung und mit Schwert! – Das sieht mir ähnlich – (Lachen)

Du hast wohl eine solche Macht ausgestrahlt, dass sie gegangen sind!

Liebe Seele, du hast anscheinend eine große Liebe für dein Volk, das deutsche Volk! Kannst du mir sagen, was du dir zur Aufgabe gemacht hast? Was das Ziel ist?

Ist dir die Frage recht, Ronald? – Ja –

Ich möchte Dinge richtig stellen, die falsch übertragen worden waren. Es hat in der Geschichte Einiges gegeben, was den Leumund verraten hat. Es ist zwar alles Dokumentarisch niedergeschrieben, aber Vieles ist vernichtet worden und Vieles ist falsch wiedergegeben gewesen. Es waren ganz große Fangnetze und Fallnetze über das Land gebreitet. Die Menschen waren darin verstrickt und wussten nicht hinein, noch hinaus. Die Urheber dieser ganzen Sache waren jedoch nicht das Volk selbst, sondern es steckte eine ganz andere Energie und ein Ansinnen dahinter.

Wir sind ein kräftiges Volk, was einen guten Sinn für Gerechtigkeit hat. Das Fatale ist, dass ausgerechnet wir betroffen waren von einer unglaublichen Falle besonderer Art.

Wir das germanische Volk neigen dazu die Dinge im Guten zu betrachten. Wir wägen immer erst einmal ab und wenden und drehen es von allen Seiten bis es beschaubar wurde, erst dann gelangen wir zu einem Urteil oder erstreben eine Handlung an. Das dauert den meisten Menschen fast zu lange und sie halten uns für bürokratisch und kompliziert. Es ist im Grunde aber das Bemühen um Gerechtigkeit, damit keiner zu kurz kommen mag und keiner übervorteilt werden soll. Und so hat es lange gedauert zu einem Urteil zu gelangen. Und was sich in uns breit gemacht hat, war eine langsam aufsteigende Wut über die Ungerechtigkeit dieser Welt, über ausgebeutet sein und benutzt werden. Und wir sind dieser Wut zum Opfer gefallen. Wir haben uns fangen lassen darin und langsam wurde unser Geist verblendet. Und so erlebten wir unsere Schattenseiten. Das Inferno tat sich auf. Das was einst schön und gerecht war wurde zu einem Amoklauf wilder Hetzereien. Und der einst so schöne kühle klare Geist nahm hitziges Feuer an. Wir sind aus Gottes Licht gefallen zu eigenem Verschulden und doch sind wir zum Opfer geworden von bösartigen, fremdartigen Energien, die uns unser schönes Licht geneidet haben. Ich weine bittere Tränen darum, wie uns das geschehen mochte. Und eine der größten Aufgaben, die wir zu bewältigen haben, ist es Licht in das Geschehen zu bringen und jedem seinen Anteil zuzugestehen, den er an der Geschichte des Volkes hat. Ich werde Alles belichten. Ich möchte Alles bis in alle Einzelheiten verstehen und ich werde nicht Ruhe geben bis ich auch den letzten Heller und Pfennig herumgedreht habe, um zu sehen in welche Taschen er geflossen war und was damit gemacht worden war. Und ich will dem deutschen Volke unterbreiten, wie es betrogen worden war von Anbeginn aller Zeit. Und ich will es lehren sich auf eigene Beine zu stellen und an das Gute in sich selbst zu glauben. Wir müssen diesen Schuldenberg abbauen, der entstanden ist durch einen Schmodderkram aus Schuldgefühlen, von Hass um uns selbst, Verzweiflung und Not. Und nur dann können wir reinen klaren Sehens sein. Solange diese emotionalen Wolken von Schmutz und Verderbung um uns herumlungern, können wir kein Licht blicken.

So und nun reicht es gar auch. Ich will jetzt anfangen!

Liebe Seele, wer bist du und was hast du für Aufgaben?

Ich bin eine alte Kriegerseele und ich kämpfe für das Licht und für die Gerechtigkeit. Ich komme aus einer Galaxie weit von hier. Wir haben immer für das Recht gekämpft. Wir sind ein Ordnungssystem im kosmischen Weltraum. Wir sind die sogenannte Ordnungspolizei. Wir haben dafür gesorgt, dass das kosmische Gefüge in einem gleichberechtigten Rahmen gehalten werden mag. Wir haben uns am Aufbau des Gitternetzes beteiligt und haben dafür gesorgt, dass die magnetischen Schwingungen kristallklar bleiben. Wir haben Störungen im Gitternetz geflickt und es davor geschützt von Fremdinvasionen heimgesucht zu werden. Wir sind für die Ordnung im Universum zuständig und wir wirken weit außerhalb unserer Galaxie.

Einige unserer Seelen haben sich bereit erklärt auf der Erde Ordnung zu schaffen. Wir arbeiten unter anderen mit dem Smaragdgrünen Strahl. Es ist der Strahl der höchsten Erkenntnis, aber auch der Heilung und der Reinigung. Der Smaragd beinhaltet die größte Weisheit. Wenn wir wissen wollten, ob wir Rechtens tun, dann haben wir den großen Smaragd im Herzen oder im Zentrum unseres Planeten befragt. Es ist ein riesiger Smaragd von solch einer Größe, der so strahlt, dass ihr es euch kaum vorzustellen vermögt. Es ist unsere Heiligkeit, unser Zentrum. Unser ganzer Planet wird davon gespeist und ernährt. Und die Ausläufer davon bestimmen die Herrlichkeit unserer Galaxie.

Die Smaragdenergie ist hilfebringend in Augenblicken wo unsaubere Quellen entstehen und wo alles im Morast zu versickern droht.

Ich bin ein Krieger des Smaragdgrünen Strahls und mit den Magnetzentren in meinen Händen vermag ich auf höchster Ebene zu reinigen. Ich muss mich nur mit dem Verbinden was ist und ich werde ein säen von Gerechtigkeit erfahren. Und wenn ich dann das Leuchten in mir aufführe, so dringt es zu den Menschen und ihren Gemütern und sie gewinnen Klarheit in ihrem Sein, in ihrem

Leben und in ihrem Sehen.

Das Smaragdgrüne Licht ist mein höchstes Tun. Es ist ein schönes Licht von Gottes Schöpfung und es ist dazu gegeben mit starker Heilkraft zu versehen.

Mir fehlt mein Ursprung sehr, denn in unserem System herrscht Gerechtigkeit. Und so stehe ich da mit meinem irdischen Selbst und merke wie viel Zorn mich heimsucht. Da suche ich Schutz im Göttlichen Licht, um nicht in die Falle zu stolpern, die man uns gestellt hat im Dritten Reich.

Ich habe mich mit der Ahnenkette verknüpft, denn auf der Welt ist das Deutsche Volk eines der Gerechtesten. Und mir schnürt es den Hals, wenn ich daran denke, dass es von so viel Dunkelheit heimgesucht wurde und darum bin ich da!

Was bedeutet der Name Nathanael in bezug auf mich?

Nathanael hat sich den jüdischen Seelen gewidmet um den Schmerz zu lindern und eine andere Qualitätsstufe zu erklimmen.

Nathanael ist ein Engel der segnet und heilt. Er besitzt großes Mitgefühl für alle Seelen und kann sich in diesem großen Gefüge von Karma, Ursache und Wirkung bis zum tiefsten Punkt des Herzens vorarbeiten. Dort wo alles Licht war. Und diesen tiefsten Lichtpunkt zu erspüren auch wenn die Dunkelheit noch so groß ist und dieses Licht im Innern entstehen und leuchten zu lassen. Und auch einen ganz großen Schutz zu erteilen, indem jeder Mensch an das Licht und vor allem an sich glaubt. Und es ist dabei unerheblich welchen Landes die Seele ist, denn wir alle können uns zurückbesinnen auf den Ursprungspunkt und da sind wir alle eins. Und wenn wir diese Qualität und diese Energie in uns tragen, dann werden alle Fesseln und Grenzen zerspringen mit einem Schlag!

Ich kriege jetzt rein was du vor hast und was deine Aufgabe ist, aber das sage ich jetzt nicht am Telefon! Ich finde es wichtig, dass wir dass jetzt nicht sagen! Aber ich denke du weißt um deine Aufgabe!

Ja! - Deine Seele zeigt mir das Universum und führt mich zurück zu deinem Ursprungsplaneten, zu diesem großen Smaragd, und sie legt meine Hände auf diesen Stein und sie sagt:

Wenn du jetzt gleich zurück kommst wirst du mir deine Hände auf das Herz legen, denn das kann ich für mich selbst nicht tun. Es ist wichtig, dass das Smaragdgrün von Fremdenergien übertragen wird, darf oder soll. Das Problem ist, dass die wenigsten Menschen mit der Qualität dieser Arbeit umgehen können und so habe ich große Schwierigkeiten mich zu reinigen, denn ich bin darauf angewiesen, dass Andere es für mich tun, da an dem wunden Punkt, wo ich kaum hinzukommen vermag.

(Es findet eine Energieübertragung statt und die Heilung des wunden Punktes)

Also deine Seele empfindet jetzt Freude und Dankbarkeit und die Anbindung direkt an das göttliche Licht ist jetzt stärker geworden. Also du wirst merken, dass sich die Qualität deiner Arbeit verstärkt, weil dir das göttliche Licht unmittelbar zur Verfügung steht. Das heißt du kannst jetzt nicht nur mit der 11ten Dimension arbeiten, sondern du fängst auch an mit der 12ten Dimension zu arbeiten, das heißt mit Gottes Licht selbst. Und du wirst merken, dass du in deiner Arbeit schneller und intensiver arbeiten kannst. Du brauchst nicht mehr soviel Zeit und soviel Kraft. Und achte in deiner Arbeit auf den rechten Ausgleich. Auf den rechten energetischen Ausgleich, denn du bist nicht der Mülleimer der Nation. Ganz wichtig! Auch für deinen Reinigungsprozess auf allen Ebenen!

Eine Antwort des Himmels

Ich möchte dir hier ein Beispiel für eine Antwort des Himmels geben. In der Durchsage von Anita wurde gesagt: „Warum hat deine Seele wohl ein Jahr ihres Lebens gegeben, um die Liebe zu leben?"

Etwa drei Jahre bevor ich bei Anita war, ich hatte mich noch nicht mit dem Thema Heilung beschäftigt, lernte ich Mercedes kennen. Kurze Zeit später hörte ich von einer anderen Person, dass sie im Krankenhaus liege und wohl sterben würde.

Dies ging meiner Seele sehr zu Herzen und so sprach ich ein Gebet, dass ich ein Jahr meines Lebens geben würde, wenn sie wieder gesund werden würde. Ein Tag später sagte man mir, dass sie ganz plötzlich wieder gesund sei und keiner weiß warum.

Ich hatte mir dabei gedacht, dass es nicht so schlimm sei am Ende meines Lebens ein Jahr zu streichen, doch ich lernte, dass man diese Zeit auch mitten in seinem Leben verlieren kann. Ich wurde sehr krank und hatte viele Probleme mit Beruf, Beziehungen, mit meinem ganzen Sein. Letztendlich führte dies mich auf meinen Weg.

Als diese Worte von Anita gesprochen wurden, fühlte ich mich richtig erwischt und einige Zeit nach dieser Durchsage passierte mir folgendes:

Ich hatte einen Termin gemacht und war nach Maschen gefahren zu Uschi Nerke und ihrem Mann. Viele kennen sie wohl noch aus der Zeit des Beat Clubs. Ich wollte dort einen Auftritt, für die Beatles Coverband in der ich damals spielte, organisieren. Da die beiden noch beschäftigt waren, setzte ich mich in ihr Restaurant um etwas zu trinken.

Am Tresen saß ein etwa achtjähriger Junge und spielte. Plötzlich drehte er sich um und schaute mir direkt in die Augen. Er winkte mir zu und rief, dass ich zu ihn kommen solle. Dann sagte er: „Es ist jetzt ganz ganz wichtig das du mir zuhörst, denn ich habe dir etwas äußerst wichtiges zu sagen. Du musst mir das Versprechen und dies ist wirklich wichtig und ernst. Du musst mir versprechen, dass du mindestens 85 Jahre alt wirst! Das ist wirklich wichtig!"

Ich wusste sofort worum es ging und musste lachen, denn damit sollte ich mein Versprechen ein Jahr meines Lebens zu geben aufheben. Das habe ich in diesem Moment getan. Der Junge lächelte, drehte sich wieder um und spielte dann weiter, als hätte er niemals mit mir geredet.

Im letzten Jahr, 2006, hatte ich eine Vision. Man hat mir gezeigt, wie die Erde aussieht und wie ich aussehe im Jahre 2050. Die Erde und die Natur sind wiederhergestellt. Es gibt keine Autos, keine Straßen und keine Häuser mehr. Wir leben in fliegenden Glaskuppeln und in solch einer stand ich und sagte zu mir selbst: „Es ist vollbracht!“ Im Jahre 2050 bin ich 95 Jahre alt!

Ein paar Tage später hörte ich eine Stimme zu mir sagen, dass alles klappen würde was ich mir vorgenommen habe und dass ich doch schon die Zukunft gesehen hätte. Ich solle mir keine Sorgen mehr machen, sondern genießen wie sich diese neue Realität manifestiert.

Dies ist nur ein einziger Satz aus der Durchsage von Anita und ich denke ich habe dir damit zeigen können, wie sich Stück für Stück klärt, was der Himmel mit nur einem einzigen Satz sagt und meint! Es ist wirklich wichtig zuzuhören und zu verstehen! In den beiden Durchsagen sind sehr viele Informationen und nicht nur das gesprochene Wort und das geschriebene Wort, sondern das Ganze stellt auch die Verbindung zwischen den Welten her, auch für dich, wenn du dieses liest. Und genau dies ist meine Absicht, wenn ich dieses schreibe. Möge es ein Segen auf deinem Weg sein.

Der Inder

Es gibt auch Situationen, wo ein Bote des Himmels plötzlich auftaucht und genauso plötzlich wieder verschwindet. Von solch einer Situation möchte ich dir erzählen.

Im Jahr 2006 war ich in Bremen unterwegs. Ich hatte ein Treffen mit einem Musiker und war sehr nachdenklich. Ich dachte über mich nach und natürlich auch über meinen spirituellen Weg. Auf einmal hatte ich das Gefühl, ich müsse jetzt dringend los. Also verabschiedete ich mich, setzte mich in meinen Wagen und fuhr zu einem Esoterikladen „Steinreich“.

Dort parkte ich vor der Tür. Ich hatte das Gefühl, dass alles so unreal ist. Als ich aussteigen wollte torkelte ein Inder um meinen Wagen herum und gab mir Handzeichen, dass ich die Tür öffnen solle.

Ich stieg aus und fragt ihn was er wolle. Er sagte mir, er hätte sein Portmonee im Wagen liegen lassen und auch seine Schlüssel und brauche etwas Geld, um nach Hause fahren zu können. Er fragte nach zwei Euro und ich gab ihm vier. Er hatte etwas getrunken und roch nach Alkohol.

Dann fragte er mich, ob ich an Gott glauben würde. Als ich das bejahte, fragte er mich was ich machen würde und ich antwortete, dass ich als Heiler arbeite. Dann fragte er mich ob ich ihn heilen könnte und ich fragte wovon. Er sagte von den Frauen und vom Alkohol. Ich musste lachen und sagte zu ihm, dass das doch manchmal das einzige sei, was auf der Erde spaß macht. Jetzt musste er lachen, machte auf einmal einen ganz klaren Eindruck und antwortete mir: „Mit deiner Energie baut man Pyramiden und Imperien auf!“

Er strahlte auf einmal eine unglaubliche Liebesenergie aus. Wir nahmen uns in den Arm, er gab mir einen Kuss auf die Wange, und wir verabschiedeten einander. Ich ging über die Straße und hatte das Gefühl mit ihm noch weiter reden zu wollen. Ich drehte mich um, doch er war verschwunden und nirgends mehr zu sehen.

Wenn ich daran denke spüre ich diese Liebesenergie immer noch und freue mich, dass ich diesen Test des Himmels angenommen habe und verstanden habe. Hätte ich nur nach dem Äußeren geurteilt, hätte ich mich wohl abgewendet und nicht diese Liebe spüren können.

Er hat viel mehr gesagt, doch das gehört nicht hierher, aber ich trage es in meinem Herzen. Danke!

Delphinschwimmen auf den Azoren

Die weibliche Energie, die mir Anita in ihrer Durchsage prophezeite, kam am Vatertag 2006 direkt durchs Gartentor in mein Herz marschiert. Sie ist mein Zwillingsstrahl, aber darüber werde ich etwas in den nächsten Kapiteln schreiben.

Sie, Andrea, hatte im Herbst 2006 einen Urlaub gebucht: Delphinschwimmen auf den Azoren. Auch für mich war dies immer schon ein Traum. Sie sagte es sei wahrscheinlich schwierig mitzukommen, denn es wäre wohl alles schon ausgebucht, also übergaben wir es dem Himmel und baten darum, dieses Erlebnis gemeinsam zu haben.

Es war absolut leicht und in dem Flugzeug, im Hotel und im Boot waren jeweils noch ein Platz frei. Auf dem Boot waren dann aber nur vier Leute und nur drei, die ins Wasser gingen. Welch ein Segen!

Als wir auf den Azoren waren, um mit Delphinen zu schwimmen, haben wir natürlich auch die Kommunikation mit Walen und Delphinen ausprobiert. Wir haben das Ela Ta Sin Symbol in das Meer geschickt um Kontakt mit einem Blauwal aufzunehmen. Es dauerte keine 10 Minuten, da wurde von dem Aussichtsturm gemeldet, dass ein Blauwal gesichtet wurde. Wir fuhren mit dem Boot in die Richtung und hatten schon nach wenigen Minuten Sichtkontakt. Der Skipper war höchst erstaunt, denn zu dieser Jahreszeit ist das höchst selten auf den Azoren. Das Boot stoppte circa 100 m vor dem Blauwal um ihm nicht zu nahe zu kommen. Der Blauwal umrundete das Boot und tauchte dann dreimal unter uns durch. Der Skipper flippte völlig aus, denn das war ihm noch nie passiert. Er hängte sich vom Bootrand kopfüber in das Wasser und machte mit seiner Kamera Fotos. Wir jedoch waren überglücklich und ganz ruhig, denn wir hatten mit dem Wal telepathischen Kontakt. Das Ela Ta Sin Symbol hatte ihn wohl sehr angesprochen. Es war ein sehr schönes Erlebnis und hat unser Herz sehr berührt.

Genauso benutzten wir das Ela Ta Sin Symbol um mit Delphinen in Kontakt zu kommen und hatten in den drei Tagen schon mehrere 100 gesehen. Der Skipper machte jedes Mal ein seltsames Gesicht, denn irgendwie verstand er das überhaupt nicht. Er versuchte uns immer mitzuteilen, wie die Tiere reagieren, doch irgendwie taten sie es völlig anders als sonst. Ich habe mich vorne über das Boot gebeugt und mit der Kamera ins Wasser gefilmt. Dann habe ich in der gleichen Frequenz wie die Delphine gepfiffen. Es kamen mehrere Delphine angeschwommen und drehten sich im Wasser immer so, dass sie mich sehen konnten. Ich werde versuchen diese Filmsequenz auf meine Homepage zu laden, dass dies jedermann sehen und hören kann.

Genauso reagierten die Delphine, als Andrea und ich gemeinsam ins Wasser gingen, uns umarmten und ihnen entgegen schwammen. In dieses gleißende Licht in so einem klaren Wasser einzutauchen ist wirklich wie ein Aufstieg in eine andere Welt. Sie haben uns immer registriert, sind uns entgegen geschwommen und haben Kontakt aufgenommen. Irgendwie haben sie uns akzeptiert, als würden wir zu ihrer Familie gehören, und uns viele wundervolle Einblicke in ihre Welt gewährt. Für uns war es wahrlich ein Segen, die Delphine bei der Paarung, beim Jagen und beim Spielen zuzusehen.

Doch jetzt möchte ich meinen geliebten Zwillings Strahl Andrea oder Sirijana zu Wort kommen lassen, denn sie hat etwas wundervolles dazu geschrieben: die Botschaft der Delphine!

Die Botschaft der Delfine

Ich bin Sirijana und ich möchte zum Jahreswechsel mein wundervolles Erlebnis mit den Delfinen mit euch teilen. Man kann sehr viel von ihnen lernen und sie haben mir in kürzester Zeit geholfen zu neuen Erkenntnissen zu gelangen.

Vorweg möchte ich mich noch einmal bei den himmlischen Helfern bedanken für dieses große Geschenk von oben meinen Kindheitstraum als erfüllt betrachten zu können. Und dafür, dass mein geliebter Nathanael in mein Leben geschickt wurde und er mich auf dieser Reise begleitet hat.

Wir reisten also auf die Azoren mitten im Atlantischen Ozean. Ein wunderschöner Platz auf dieser Erde. Alleine schon die unendliche Weite des Meeres und seine Schönheit beeindruckten mich sehr. Kaum vorstellbar, was sich dort abspielen sollte, jedenfalls für mich. Hier „residieren" (wie man dort sagt), was schon für viel Achtung den Tieren gegenüber spricht, also die Wale und Delfine, von Juli bis September. Ich hatte natürlich die Hoffnung, dass mein Traum sich erfüllen würde. Doch gleichzeitig hatte ich mir vorgenommen, mit einer möglichst geringen Erwartungshaltung dort hinzufliegen. Ich war gut vorbereitet und hatte vorher ein Buch über Schwimmen mit Delfinen gelesen. Mit dem Wissen daraus, hatte ich Gelegenheit einige Dinge auszuprobieren, was dann auch gelang.

Das erste wunderbare Erlebnis hatten Nathanael und ich dann gemeinsam. Eine Herde Fleckendelfine wurde gesichtet. Wir saßen aufgeregt und voller Vorfreude auf dem Bootsrand und warteten auf den Moment ins Wasser gleiten zu dürfen. Dann hielten wir uns an den Händen und schwammen der Herde ein kleines Stück entgegen. Ein Tier kam auf uns zu und prüfte kurz die Lage. Alles OK, also zurück zu der Herde. So kamen wir schon mal in den Genuss, die unglaublichen Gesichtsausdrücke zu erleben. Von verschmitzt, frech, lächelnd, fragend, alles ist dabei und man kann wirklich in den Gesichtern lesen. Diese Herde trafen wir beim Fressen an und sie hatten einen Makrelenschwarm zusammengetrieben, der aussah wie eine perfekt geformte Kugel. Unvorstellbar, wie sie das machen.....

Sie schwammen eine Weile um die Kugel herum, dann lösten sich fünf Delfine aus der Herde und kamen direkt auf uns zu. Kurz vor uns drehten sie sich auf den Rücken und tauchten mit dem Bauch nach oben nebeneinander unter uns durch. Ein großer Vertrauensbeweis, wenn sie den Bauch zeigen. Eine unglaublich schöne Energiewelle durchströmte uns.

Am dritten Tag der Reise, hatte ich dann meinen „Golden Moment“, wie man dort sagt. Die Delfine holten mich direkt am Boot ab und begleiteten mich im Wasser, wie mit einer Eskorte. Es war einfach unglaublich. Ein Tier kam direkt von vorne auf mich zugeschwommen, sah mich neugierig an, und schien zu fragen: „Na, wer bist du denn?“ Dann drehte er sich vor mir wie in einer Spirale nach unten und hielt dabei den Blickkontakt, als würde er sagen: „Endlich spielst du mit mir!“ Sein Gesicht lachte, das war deutlich zu erkennen.

Dann befand ich mich plötzlich mit ca. 20 Delfinen allein im Wasser. Eine geballte Ladung Liebe durchströmte mich wie eine Welle und trieb mir die Tränen in die Augen. Mein Herz ging soweit auf, als würde es sich über Kilometer hinaus ausdehnen. Es ist wie Abtauchen in eine völlig andere Realität. Das Licht im Wasser, der glasklare Durchblick, das Gefühl des Wassers dort (als hätte man Weichspüler hineingekippt), der Anblick der Delfine und das Hören ihrer Töne. Wunderschön!

In diesem Moment scheint das Außen nicht mehr zu existieren.

Plötzlich war ein Delfin direkt neben mir. Ich hätte nur den Arm ausstrecken müssen und hätte ihn berührt. Doch die Distanz, die er trotz der Nähe hielt, habe ich einfach geachtet und es nicht getan.

Hier handelt es sich um frei lebende Delfine. Das ist anders als in den Ozeanparks. Er spürte und registrierte diese Achtung und sah mir tief in die Augen. Wie im Buch beschrieben, hat man tatsächlich das Gefühl, als würde er bis auf den Grund der Seele blicken. Das geht durch bis in jede Zelle des Körpers.

Nun probierte ich das Synchronschwimmen, das die Delfine laut Buch so lieben. Ich drehte mich auf die Seite, da er sich auf gleicher Höhe mit mir befand und schwamm einfach los. Tatsächlich tat er das Gleiche. Noch mal in die andere Richtung, wieder das Gleiche! Sein Gesicht zeigte Freude und das ist einfach Spielen. Die Delfine demonstrieren ihre Lebensfreude. Langsam löste sich die Herde auf und die Töne wurden leiser. Einige waren noch entfernt zu sehen und ich dachte: schade schon vorbei? Dann probierte ich noch etwas aus dem Buch. Ich fing an durch meinen Schnorchel, erst ganz sanft, und dann soweit es eben ging, das „OM" zu summen. Einen Moment später kehrten fünf Delfine zurück und ich konnte noch einmal das Zusammensein mit ihnen genießen. Die Kommunikation mit den Delfinen funktioniert tatsächlich, letztendlich lief sie sowieso die ganze Zeit ab, wenn auch auf anderer Ebene.

Zurück auf dem Boot, konnte ich mein Glück kaum fassen und fragte, warum von den Anderen keiner im Wasser war. Die Antwort darauf berührte mich sehr. Das war einfach die Achtung, besonders von meinem geliebten Nathanael, da dieser Moment mein „Golden Moment" war und es nicht gepasst hätte, wenn jemand dazugekommen wäre. So eine Achtung hatte ich selten in meinem Leben erlebt und dafür danke ich dir und den Anderen.

Das letzte große Erlebnis war dann wieder ein gemeinsames. Wir hatten das große Glück eine Delfingruppe bei der Paarung anzutreffen. „Party on the Sea!"

Alle die dazu gehören, sind dabei und es wird gefeiert. Die reine, pure Lebensfreude wurde sichtbar und fühlbar. Einige Delfine schossen aus dem Wasser, drehten Saltos, sprangen und quietschten vor Freude. Die Kleinen auf den Rücken der Großen wurden hochgeschubst und quietschten ebenfalls vor Vergnügen. Bestimmt 30 bis 40 Tiere freuten sich auf der Wasseroberfläche des Lebens. Was für ein Familienverbund!

Als es ruhiger wurde, durften wir völlig unerwartet ins Wasser. Das ganze Ausmaß war dort erst richtig zu erkennen. Unter dem Paar befanden sich noch wesentlich mehr Delfine, in einer traubenförmigen Anordnung bis tief in das Wasser hinunter. Ein Naturschauspiel, unbeschreiblich schön!

Diese Erlebnisse werden für immer in meinem Herzen und in meiner Erinnerung bleiben. Ich sehe die Oberfläche des Atlantischen Ozeans noch oft in meinen Träumen und dann sehe ich diese wundervollen Wesen, die dort leben, wieder vor mir. Dankbar und voller Achtung denke ich dann an diese wundervolle Reise zurück.

Und die Erkenntnis:

Würden alle Menschen auf der Erde so miteinander umgehen, wie die Delfine es tun, dann hätten wir eine Welt frei von unnötigen Streitigkeiten. Auch als „Fremder“ ist es so, als würde man in der Herde aufgenommen. Bedingungslos und wertungsfrei. Einfach so!

Wie vielen Menschen wurde schon die Chance versagt dazu zu gehören? Weil wir vorschnell geurteilt haben. Gefühle von Neid, Eifersucht, Missgunst und Ungerechtigkeit, schaffen es sogar Freundschaften zu zerstören. Das ist sehr traurig und unnötig. Wonach beurteilen (verurteilen) wir denn einen Menschen? Wie wäre es damit:

JEDEN TAG AUFS NEUE!

Gönnen wir doch von Herzen jedem seinen Erfolg, wenn er den nächsten Schritt seiner Lernaufgaben bewältigt hat und dafür belohnt wird. Freuen wir uns doch einfach mit ihm, dann haben wir mehr Energie für die schönen Dinge des Lebens. Und dann gemeinsam!

Die Delfine machen es uns vor und ich wünsche jedem Menschen die Gelegenheit, einmal in seinem Leben, mit Delfinen zu schwimmen und von ihnen zu lernen. Sie demonstrieren die Leichtigkeit des Seins, die pure, reine Lebensfreude, den unglaublichen Zusammenhalt innerhalb der Herde, das Leben spielerisch zu leben und sie vermitteln die Bedeutung geachtet zu werden und zu achten.

Wir können jedem Menschen mit Achtung begegnen, der unseren Weg kreuzt, ganz leicht. Wir brauchen ihn nur anzulächeln, anstatt ihn zu ignorieren und an ihm vorbeizugehen. So zeigen wir, dass wir den Anderen wahrgenommen haben. Das ist die Achtung, die wir uns doch alle wünschen.

Ich bin Sirijana und mein Herzenswunsch für das neue und viele weitere Jahre ist:

Frieden überall auf der Welt,

ein liebevoller und wertungsfreier Umgang

aller Menschen miteinander

und gegenseitige Achtung.

Ich wünsche euch allen einen lichtvollen und liebevollen Jahreswechsel und einen guten Start in eine friedliche, gesegnete Zukunft.

Ich Bin, die Ich Bin. So Ham!

Sirijana

Die Fotos sind direkt vom Boot aus aufgenommen worden!

Gedankenkontrolle

Wie du sicherlich in meinem ersten Buch, "Ela Ta Sin - die Energie der Elohim“, gelesen hast, werden die Menschen über die ätherische Implantate manipuliert und gesteuert.

Auf der Rückreise von den Azoren haben Andrea und ich darauf geachtet, wie sich die Energie dieser Kontrolle verändert. Beim Eintritt in den europäischen Luftraum nahm sie massiv zu, denn auf den Azoren hatten wir keine Gedankenkontrolle gespürt. Als wir dann in Frankfurt landeten, war es als würde man uns mit einem Hammer auf den Kopf schlagen. Es erzeugt einen derartig starken Druck auf den Kopf, dass wir es kaum aushalten konnten. In der Flughafenhalle und nachher in den Straßen Frankfurts hatten wir das Gefühl dass die Menschen alle völlig verrückt sind. Eine Wolke aus negativen Gefühlen und verhärteten Masken wehte uns entgegen, in der die Menschen völlig gefangen sind und es nicht einmal merken.

Ich wurde von den Elohim darauf hingewiesen, dass die Menschen nicht nur durch die Implantate kontrolliert und gesteuert werden, sondern auch Fremdenergien in die Matrix der Aura eingeschleust werden. Ich solle mich daran erinnern, dass ich die Aura-Membranen schon wahrgenommen habe und sich dort Astralwesen verstecken, die versuchen die Kommunikation zwischen unseren einzelnen ätherischen Körpern zu blockieren.

Also beschäftigte ich mich mit diesem Thema und fing an die Aura-Membranen deutlicher wahrzunehmen. Ich bekam dann von den Elohim den Schlüssel, wie man diese negativ infiltrierten Membranen entfernen kann und die Erlaubnis, sie mit weißgoldenem göttlichen Licht auszutauschen.

Zu diesen Aura-Membranen ist noch zu sagen, dass die Öffnungen der Haralinie nach oben aus der Krone und unten aus dem Wurzel-

Chakra, manchmal so manipuliert sind, dass sie wirken wie ein Schließmuskel, der versucht den Eingang und den Ausgang zu verschließen. Diejenigen die hellsichtig und hellfühlig sind, werden dies sicherlich schon bemerkt haben. Auf der einen Seite erzeugt es Schwierigkeiten den medialen Kanal offen zuhalten und auf der anderen fällt es richtig schwer im Hier und Jetzt zu landen. Auch diese ringförmigen, manipulierten Membranen lassen sich entfernen und mit weißgoldenem göttlichen Licht austauschen.

Beim Austauschen öffnet sich in der Haradimension eine senkrechte Acht aus zwei weißen Lichtkugeln, auf die ich gleich noch näher eingehen werde. Das ganze fühlt sich so an, als hätte man in die Aura einen Dämmschutz eingebaut. Man geht sofort wesentlich weniger mit negativen Schwingungen in Resonanz. Es ist wirklich ein wunderbar Schutz und diesen haben wir in die Einweihungen während der Ela Ta Sin Seminare integriert. Allein hierdurch wird die Gedankenkontrolle stark reduziert und man fühlt sich wesentlich leichter und freier.

Ist die Acht in der Haradimension aktiviert, entsteht ein Gefühl der Leere. Wir fangen dann an negative Gedanken und Gefühle, die von außen auf uns einwirken, zu transformieren in Liebe und Lebensfreude. Es ist erstaunlich wie dies wirkt auf anderer und uns selbst.

Es ist an der Zeit, dass wir uns diese Manipulationen nicht mehr gefallen lassen. Es muss aufhören, dass die Menschen mit negativen Gedanken und Gefühlen regelrecht bombardiert werden. Man versucht uns mit voller Absicht in Angst, Depressionen und Wut zu halten. Mit geheim gehaltener Technologie werden wir absichtlich klein gehalten. Es wird Zwietracht gesät und ständig den Menschen das Äußere vorgegaukelt um sie gegeneinander auszuspielen.

Wir sind alle Brüder und Schwestern und das sollte allmählich jeder verstehen. Innerlich wie auch in spiritueller Form sehen wir uns doch alle sehr ähnlich und haben alle den gleichen Ursprung.

Wir sind alle aus göttlicher Liebe entstanden und wenn wir das erst einmal akzeptiert haben, gibt es keine Unterschiede mehr, dann sind wir alle eins.

Also schaffe endlich Frieden mit dir und mit anderen. Höre nicht mehr auf die Einflüsterungen, die deine Familie spaltet und Freunde von dir trennt. Sage NEIN dazu und hinterfragen deine Gefühle, denn deine Gefühle sagen dir die Wahrheit! Der meiste Streit entsteht wirklich nur aus absoluten Unsinn.

Liebe, Freundschaft, Wahrheit und Mitgefühl, Gerechtigkeit und Macht in Form von Lebensfreude sollten immer die Führung in unseren Beziehungen haben.

Die Aura-Membranen

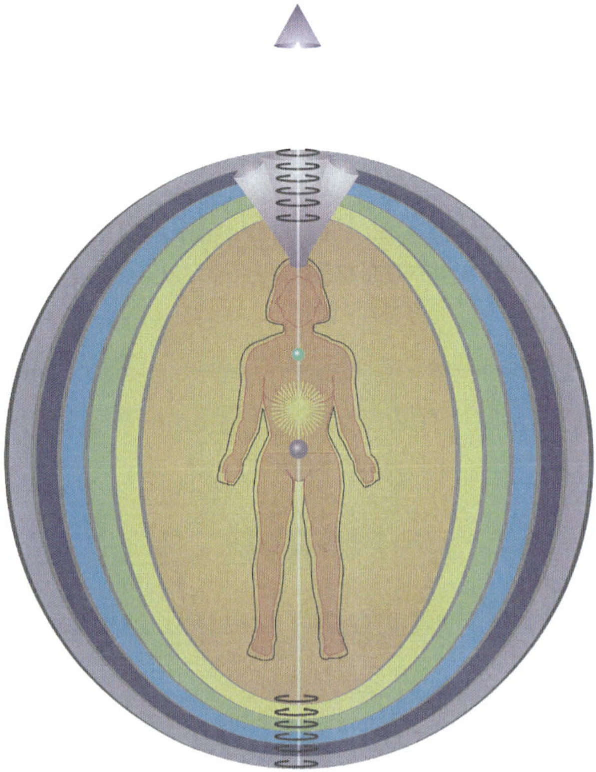

Hier zeigt die Grafik die sieben Körper des Menschen und die manipulierten Auramembranen vor den drei Einweihungen in Ela Ta Sin – Basic! Die Hara-Dimension ist ebenfalls zu sehen und die Licht-DNS noch nicht geöffnet.

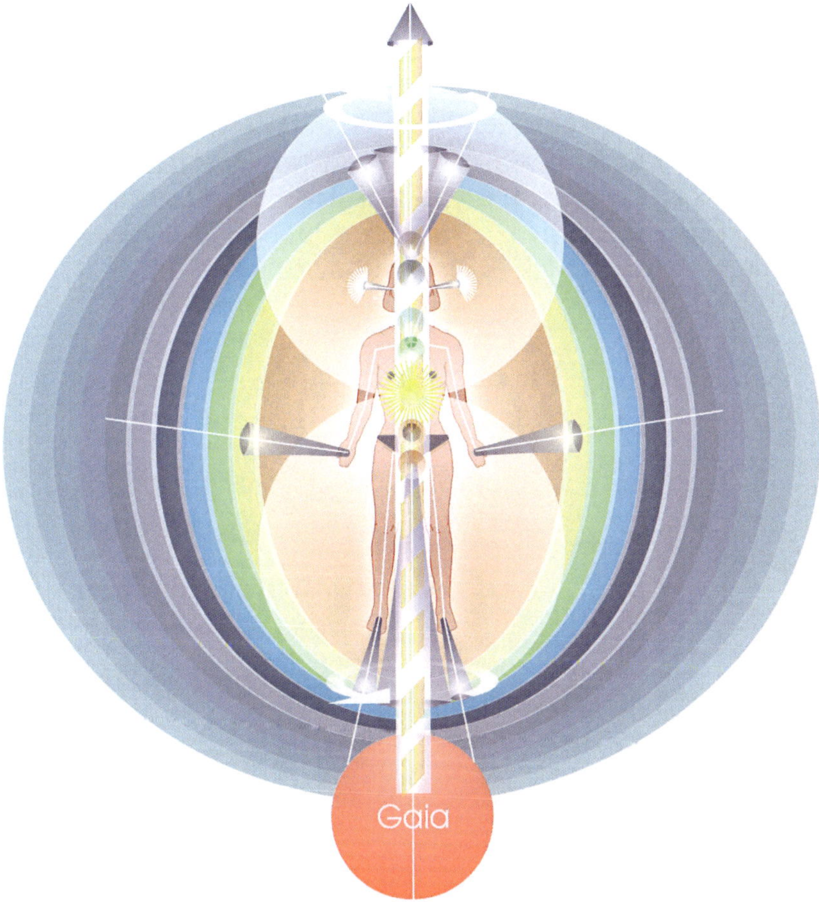

(siehe auch: Die 12 Körper des Menschen!)

Hier zeigt die Grafik das elektromagnetische menschliche System nach den drei Einweihungen des Ela Ta Sin – Basic Seminars.

Die 12 Körper des Menschen

Um die vorherige Grafik besser verstehen zu können, habe ich einen Auszug, einer medialen Durchsage von Metatron hier eingefügt. Diese Informationen kamen ein paar Tage nachdem ich die dazugehörige Grafik erstellt hatte. Es wird bestimmt spannend, an dieser Stelle weiter zu forschen. Es ist eine Endeckungsreise zu unserer eigenen Existenz. Beobachte, was bei dir selbst dazu ankommt!

Die Erdungsschichten:

1 - die biologische Schicht "Baum des Lebens"

(menschliches Genom 90% davon ist interdimensional)

2 - die Lebensaufgabe

(Beziehung zur Akasha-Chronik/Göttliche Blaupause)

3 - die Aufstiegs-Schicht

(verankert mit der Zirbeldrüse)

Gruppe der "Menschlichen Göttlichkeit":

4 - Engelnamen

5 - Akashanamen

(4 & 5 zusammen sind sie eure engelhafte Essenz und der Name des interdimensionalen Akasha- Wesens, das ewig ist.)

6 - Gebet und Kommunikation

Die lemurischen Schichten:

7 - "Enthüllte Göttlichkeit“

HOA YAWEE MARU =

Der einfache Name - Hightech der Lemurier

8 - "Weisheit und Verantwortung"

AKEE YAWEE FRACTUS =

Akasha-Chronik der Menschen

9 -Vollendung, die "Heilungsschicht"

St. Germain-Schicht, die violette Flamme, die Flamme der Expansion; interdimensional gesehen, berührt diese Schicht jede Faser des Kosmischen Gitters, Antenne der DNS, immer mit dem Gitter verbunden.

Die "Gottschichten"

10 - die Quelle Göttlicher Essenz

11 - Weibliche Göttlichkeit

CHOCHMA MICHA HALELU =

Weise, göttlich, feminin. "Mutter" die Ernährerin. Friede auf Erden!

12 - die Gottschicht

EL SHADAI

Einweihungen des Ela Ta Sin – Basic

Zum Ela Ta Sin - Basic Seminar gehören drei Einweihungen:

1. Einweihung

   Bei dieser Einweihung wird die Hara-Linie gereinigt und vergrößert. Bei den meisten Menschen hat sie einen Durchmesser von ca. 3 cm, danach von ca. 20 cm und größer. Es werden die ätherischen Implantate entfernt und die Person wird von Fremdbesetzungen befreit. Danach wird die ätherische Licht-DNS in der Haradimension geöffnet und aktiviert, die interdimensionalen Ohren werden geöffnet, die Person wird ganz in den Körper geholt und es wird ein Schutz gegen ätherische Implantate und Fremdbesetzungen eingesetzt. Bis hierhin können die Teilnehmer des Ela Ta Sin -Basic die Einweihung nach dem Seminar selbst geben.

   Für den Ela Ta Sin Meister kommt noch die Einweihung des Anja-Chakras und die Einweihung der Aura-Membranen hinzu.

2. Einweihung – nur Ela Ta Sin Meister

   Dies ist die Einweihung der göttlichen Pyramide der Weisheit und Erleuchtung. Hierbei werden die männlichen und weiblichen Energien miteinander Verbunden und harmonisiert und das neunte Chakra geöffnet. Dieses Chakra sitzt vor dem vorderen Herzchakra. Es ist der Sitz der allumfassenden göttlichen Liebe und das Signal für die Zwillingsflamme mit uns in Verbindung treten zu können.

3. Einweihung – nur Ela Ta Sin Meister

   Dies ist die Ela Ta Sin – Basic Abschlusseinweihung. Hierbei werden das Bewusstsein (männlich) und das Herzzentrum (weiblichen) miteinander verbunden und die eingeweihte Person ist jetzt Träger und Kanal der Ela Ta Sin Energie und steht in ständiger Verbindung mit den Elohim und unter deren Schutz.

4. Das Seelen-Channeling

   Aus dem interdimensionalen Channeling in den Seminaren wurde inzwischen das Seelen-Channeling. Hierbei wird der Kontakt zur Seele intensiviert und die Seele des Seminarteilnehmers befragt.

   Die Themen dabei sind:

a) Fehlende Seelenanteile aus anderen Inkarnationen, die noch zu integrieren sind.
b) Blockaden, die noch aufzulösen sind.
c) Glaubensmuster, die noch zu transformieren sind.
d) Seelenverbindungen, die noch zu heilen sind.
e) Besprechung des Seelenauftrages.

Die Seele kennt die kosmischen Zusammenhänge, ist allumfassend und mit den Gefühlen verbunden.

Der Geist kennt die Vergangenheit, die Gegenwart und die Wahrscheinlichkeiten der Zukunft. Er ist mit dem Verstand gekoppelt.

Der Lichtkreis

Nach unserem Urlaub auf den Azoren bekamen wir mehrere Antworten des Himmels. Wir hatten uns vorgenommen eine gemeinsame Wohnung zu suchen und ich bekam ein Gefühl, wo sich unser neues Domizil befinden wird. Wir fuhren durch den Ort und suchten danach. In einer Nacht zeigte man mir ein Haus mit der Hausnummer 9 in weißer Farbe auf einem Tablett vor einem Weihnachtsbaum. Zwei Tage später sahen wir in eine Zeitung und riefen den Vermieter an. Er war nicht da und rief am nächsten Tag zurück. Er sagte es sei die Hausnummer 9 und wir wurden hellhörig.

Andrea und ich besprachen, ob es dieses Haus aus dem Traum sei und sie wollte dann einkaufen fahren. Nach ein paar Sekunden stürmte sie aufgeregt zurück in die Wohnung und rief: „Das musst du dir unbedingt ansehen!“ Ich lief mit ihr vor die Tür und sah einen Lichtkreis an der Wand, holte dann schnell eine Kamera und machte die folgenden Fotos.

Ich fragte nach „Oben“, was dies bedeuten würde, denn ich hatte von dem Phänomen der Lichtkreise schon gehört. Die Antwort war: „Partnerschaft mit Gott!“

Wir fuhren zu dem Haus. Es sieht genauso aus, wie man es mir im Traum zeigte und war gerade 50 Meter von dem Ort entfernt, wo ich „hingefühlt“ wurde. Na, und wann sind wir eingezogen? Im Dezember und waren Weihnachten fertig mit dem Einrichten. :-)

Schau dir diese Bilder intensiv an und achte darauf, was du dabei fühlst. Was machen deine Chakren und dein Herzzentrum dabei? Was verändert sich in dir?

Die Ela Ta Sin Ferneinweihung

Inzwischen konnte und durfte ich einige Ela Ta Sin Fern-Einweihungen geben. Durch die Arbeit mit dieser Energie hat sich auch meine Fernwahrnehmung immens erhöht und es ist für mich wundervoll jetzt auch die Smaragdenergie meines Heimatplaneten nutzen zu können. Die Elohim haben mich bei den Seminaren trainiert verschiedene Ebenen wahrzunehmen und ich bin ihnen sehr dankbar dafür.

Während der Ferneinweihung werden zuerst die Hara-Linie gereinigt und geöffnet, danach alle Fremdenergien entfernt. Dann arbeite ich direkt mit der Seele der betreffenden Person zusammen und frage sie, ob noch Seelenanteile fehlen und Glaubensmuster zu transformieren sind. Ist dies der Fall, so werden fehlende Seelenanteile zurückgeholt und an den Glaubensmustern gearbeitet. Erst jetzt erfolgt die Einweihung.

Grundsätzlich beantworte ich dann Fragen und erkläre was ich gemacht habe. Außerdem braucht die Person etwas Zeit die Ela Ta Sin Energie zu integrieren.

Zum Abschluss wird bei der Ferneinweihung ein Schutz gegen Implantate und Fremdbesetzungen eingebaut. Dies ist sehr wichtig, denn Menschen, die Fremdbesetzungen hatten, neigen dazu sich schnell neue einzuladen, weil sie es gewohnt sind soviel eigene Energie abzugeben.

Hier möchte ich eine Person zu Wort kommen lassen, die diese Ferneinweihung in Ela Ta Sin von mir bekommen hat:

Hallo, lieber Ronald,

es sind nun mittlerweile 3 Wochen vergangen, seit meiner Fern-Einweihung in "Ela Ta Sin"!

Ich kann Dir gar nicht genug danken, für all das, was Du für mich getan hast! Ganz besonders froh bin ich über die Beseitigung der Fremdmanipulationen an meinem Stirnchakra, das Du mit Deiner schamanischen Heilerbefähigung, schnell in Ordnung gebracht hast! Uiiiiii!!!

Alleine der Kontakt zu Dir, hat "IN MIR" durch meine hellfühlende Wahrnehmung, einiges ausgelöst...!

Die diversen Tipps, die Du mir gegeben hast, kann ich problemlos umsetzen!

In der Energiearbeit merke ich, dass die Energien noch stärker fließen. Die Einweihungen sind intensiver und beispielsweise das "energetische Reinigen" geht jetzt noch leichter und schneller vonstatten!
Vor der Einweihung hatte ich größere Probleme mit einer besonders starken Fremdenergie. Mir wurde von meiner "Höheren Führung" gezeigt, was ich noch alles machen kann! Kurz nach der Einweihung fanden noch zwei Kämpfe statt; jetzt ist endlich Ruhe eingekehrt!

Es ist schön "frei" zu sein...!

Mich haben noch viele weitere Segnungen erreicht, die mich sehr glücklich machen!

Nochmals DANKE, DANKE, DANKE an Dich und an Spirit!

Alles Liebe

Brigitte

Die Ela Ta Sin Vorträge

Auch auf den Ela Ta Sin Vorträgen hat sich viel getan. Die Elohim haben mir viel gezeigt und mich gelehrt auch bei über 40 Menschen gleichzeitig wahrzunehmen, was bei ihnen in der Haradimension los ist. Außerdem hat sich gezeigt, dass ich auf anderen Ebenen, mit den Elohim gemeinsam, schon vor dem Vortrag und auch danach mit den Personen arbeite. Dies gilt ebenso für die Seminare und auch die Ferneinweihungen. Hier ein Bericht, den eine Teilnehmerin eines Ela Ta Sin Vortrages auf der Lebensfreude-Messe in Hamburg geschrieben hat. Vielen Dank, liebe Patrizia!

Lieber Ronald,

anbei wie besprochen mein Erlebnis-Bericht mit ElaTaSin. Vielleicht möchtest Du dies als Vorwort oder Erfahrungsbericht für die nächste Auflage des Buches verwenden. Du hast hiermit meine ausdrückliche Erlaubnis dazu.

Viel Spaß beim Lesen und einen sonnigen Tag wünscht Dir Patrizia aus Ahrensburg.

Fühl Dich vom mir umarmt und gesegnet.

Begegnung mit ElaTaSin - Erlebnis von Patrizia

Ahrensburg, 01.12.2006 um 23.50 Uhr:

Ich bin wieder aufgestanden, weil ich das Bedürfnis habe alles aufzuschreiben, was mir seit der Begegnung mit Ronald Hoth (Mittler von ElaTaSin) auf der Lebensfreude-Messe in Schnelsen letztes Wochenende (Samstag, 25.11.2006) passiert ist.

Ich habe das Gefühl mich im Lebensfluss zu befinden, auch wenn mein physischer Körper zur Zeit noch Schwierigkeiten hat, sich an die hohen Schwingungen, in denen ich mich befinde, nachzukommen.

Auf dem Vortrag über „ElaTaSin – Energie der Elohim" wurden mir die „vier ätherischen Implantate" gezogen, die bis dahin Manipulationen in mir verursacht haben, so dass ich nicht wirklich rund um die Uhr in der Lage war, in Wahrheit und Klarheit und Licht und Liebe zu denken, zu fühlen und eigenverantwortlich zu handeln. Gleichzeitig wurde ich durch meine geheilte Hara-Linie wieder mit Himmel und Erde verbunden. (Wobei ich sagen muss, dass mir vorher die Anbindung an die Erde fehlte und nicht wie bei den meisten von uns Menschen, die Anbindung an den Himmel!). Ich fühlte mich auf einmal viel geerdeter als je zuvor und fühlte: „Das kann nur richtig für mich sein. Das ist mein Weg, mein Auftrag und mein Wille"). Meine geöffneten Chakren nahmen höchste Liebe auf und begannen sich voller Energie zu drehen und zu atmen.

Dadurch wurde ich in die Lage versetzt, mein höheres Selbst vollständig in meinen physischen Körper zu integrieren und mich den heiligen Mächten der bedingungslosen Liebe und des Lichtes (sprich: Alles was das Göttliche, das Christusbewusstsein oder Vater-Mutter-Gott oder die Einheit-in-der-Dreieinigkeit für mich bedeutet) zu verbinden, und das in Wahrheit und in Klarheit.

Ich habe mir auf der Messe dazu das Buch „Ela Ta Sin – Die Energie der Elohim" besorgt, weil ich mich weiter informieren wollte was „ElaTaSin" ist und ich soviel spüre. Ich war beeindruckt davon und auch von Ronald, mit dem ich noch draußen beieinander stand und geredet habe. Ronald ist ein Mensch wie Du und ich. Trotz seiner faszinierenden Ausstrahlung ist er nicht abgehoben, sondern eher liebevoll bescheiden und dennoch wahrhaft von Größe.

Ich bin dankbar dafür, dass ich durch ihn ElaTaSin kennen lernen durfte. Aber das ist nicht der eigentliche Punkt, sondern erst der Anfang von Allem, was danach mit mir passierte, noch passiert und noch passieren wird. (Wahrhaft großartig!)

Nachdem ich Sonntagvormittag (nach einer intensiven Traumnacht) mit einer Freundin auf die Internetseite www.elatasin.de geschaut habe, weil mich die Einweihung interessiert und festgestellt habe, dass die Einweihung im Ganzen 680,- Euro kosten könnte *(Anmerkung: Das komplette Seminar mit den 3 Einweihungen)*, habe ich darum gebeten, das ich die Möglichkeit einer Einweihung erhalte, aber wie es passieren sollte, habe ich meinen irdischen und himmlischen Helfern und dem bedingungslos liebenden unendlichem Universum überlassen.

Und dann geschah ES am Sonntagabend, den 26.11.2006 um ca. 21.30 Uhr:

Ich vernahm die Worte meiner inneren Stimme laut und deutlich mit meinem ganzen Sein (auch dem ätherischen): „Alles was jetzt kommt ist wahr und echt!“ Ich bekam eine telepathische und tele-emphatische (fernfühlende) Einweihung. Ich spürte, wie mein göttliches Selbst in mir Platz nahm und sich mit seinem göttlichen Namen bei mir vorstellte und mich fragte, ob ich bereit bin für den Aufstieg. Ich gab die Erlaubnis und dieses wundervolle liebende Wesen nahm die Integration in alle meine Körper vor. Gleichzeitig nahm mein Lichtkörper in mir Platz und ich bekam ein Gefühl von Demut und Respekt vor meiner eigenen Göttlichkeit zu bekommen. (Wo ich doch selbst meine schärfste Kritikerin war!)

Erst später, als ich im Buch „ElaTaSin – Energie der Elohim – Die Öffnung der neuen ätherischen Licht-DNS durch die Elohim“ von El Mogar Ba (bekannt auch als Musiker ASHRON) las, dass das Ganze auch telepathisch funktioniert, wurde mir klar was ich da erhalten habe. Ohne Mühe und Anstrengung wurden meine Gebete vom Morgen erhört, als ich darum bat, dass ich die Möglichkeit erhalten will eine Einweihung zu bekommen. Meine himmlischen Helfer und das unendliche Universum der bedingungslosen Liebe hatten schnelle Arbeit geleistet. Und seitdem manifestieren sich meine Gedanken in Windeseile. Ich bekomme alles was ich erbitte, auch wenn es einmal auf ungewöhnlichem Wege zu mir gelangt.

Ich kannte es schon, mich in hohen Energien aufzuhalten und mitzuschwingen, aber das was ich hier erlebe übersteigt alles, was ich bisher in meinem körperlichen Dasein empfunden habe. Seit dem spüre ich, wie ich mich verändere und an die heiligen göttlichen, bedingungslos liebenden und wahrhaftig lichten Mächte angeschlossen bin, weil ich mich in Liebe, Wahrheit und Klarheit befinde.

Donnerstag Vormittag (30.11.2006) habe ich ein Ritual (beschrieben im Kapitel „Himmlische Helfer“ in ElaTaSin) dreimal durchgeführt. Seitdem habe ich körperliche Erschöpfungszustände, die aufhören, sobald mein Körper sich diesen hohen Schwingungen angleicht.

Und was gebe ich Dir mit auf den Weg?

HABE GEDULD MIT DIR UND ACHTE AUF

DEINEN GEDANKENFLUSS

DEINE INTUITION

DEINE INTENTION

DEINE INTONATION

ES WIRD ZU GEGEBENER ZEIT

GANZ VON ALLEIN ZU DIR KOMMEN

GLAUBE FEST DARAN:

DAS GÖTTLICHE LEBT AUCH IN DIR!

Mitteilung der ELOHIM gechannelt durch Patrizia.

Verbindung mit dem Kosmischen Selbst

Hier möchte ich dir etwas ans Herz legen, was man auch die Verbindung zu unserem Höheren Selbst nennt. In der Geistigen Hierarchie nennt man es den Gedankenjustierer und es ist für mich die Verbindung zu unserer wahrhaftigen göttlichen Essenz.

Ich habe viele Übungen kennengelernt, wie man diese Verbindung herstellt, unter anderem die Benutzung der Reikisymbole.

Hier zeige ich dir eine ganz einfache Art, denn du bist ein Teil, ein Aspekt deiner Monade, deiner Seele, der hier Inkarniert ist. Deine Verbindung steht immer, du musst lediglich wissen wo du sie finden kannst.

Ist man verliebt, so befindet man sich im siebten Himmel, sagt man. Das heißt, man befindet sich in der höchsten Schwingungsebene die innerhalb dieser Illusion möglich ist. Diese Illusionsebene nennt man Maya – Täuschung. Also in dieser Maya-Ebene gibt es sieben Dimensionen, die jeweils noch eine Unterteilung von zwölf Unterdimensionen hat. Darüber gibt es noch zwei Maya-Ebenen mit je sieben Dimensionen. Deine Verbindung zu deinem Kosmischen Selbst ist also 21 Dimensionen in drei Maya-Ebenen über deinem Kronenchakra oder 21 x 12 = 254 Dimensionen (Quersumme 9 = Einweihung und Vollendung). Mit diesem Wissen geht es ganz leicht:

Stelle dich gerade hin. Strecke deine Arme nach oben und öffne deine Handflächen ebenfalls nach oben. Stelle dir 21 Falltüren über deinem Kronenchakra vor, die jetzt von oben nach unten einfach aufklappen und dann bitte dein Kosmisches Selbst bis zur zellularen Ebene in dich zu inkarnieren und mit dir zu verschmelzen. Bitte es um alle Energien, die du jetzt brauchst, um Kraft und Heilenergien und bitte es um Segen!

Dies wirkt sofort und in Sekundenschnelle. Du brauchst es nur zu wollen und dein Kosmisches Selbst wird es dir danken. Und noch einmal: ES WIRKT SOFORT! Du brauchst also keine lange Meditation daraus zu machen und du kannst es jederzeit wiederholen, wenn dir danach ist. Es ist deine Seele, deine Energie und deine Inkarnation und du hast das absolute Recht deine Seelenenergie einzufordern, denn die brauchst du um das zu werden auf Erden was du in Wirklichkeit bist:

Ein inkarnierter göttlicher Aspekt, ein physischer Engel, der hier ist göttliche Liebe und Freude zu leben!

Also hole dir deine Energien. Stelle dich deiner Wahrhaftigkeit. Segne und liebe dich dafür, dass du den Mut hattest hier zu inkarnieren. Folge deinem Seelenauftrag und lebe ihn. Wir brauchen dich hier auf dieser Erde. Wir lieben dich und sagen dir:

Höre auf Raupe zu sein – werde Schmetterling!

Nathanael

Die Wahrheit

Hi, geliebte Erdengeschwister!

Ich möchte euch etwas sehr Wichtiges fragen. Wie werden Menschen in Abhängigkeit gehalten? Ist dir dies bewusst?

Es ist Angst und das Trennen voneinander!

Ich habe mit einem verzweifelten Vater gesprochen, der nicht mehr wusste, wem er glauben solle, seinem kleinen Sohn oder der Schule. Daraufhin habe ich ihn gefragt, was das Wichtigste sei, das Wichtigste seines Lebens. Er antwortete: „Mein Sohn!“

Das Wichtigste in eurem Leben ist die Liebe zu euren Kindern, zu eurer Familie und euren Freunden! „Kindermund tut Wahrheit kund“ ist eine uralte Weisheit. Und du? Du warst auch ein Kind und hast die Wahrheit gesagt bis die Erwachsenen dir nicht mehr glaubten. Dann hast du angefangen eine Maske zu tragen, die Wahrheit zu verdrehen und deine Gefühle zu verbergen, um vor den anderen Erwachsenen zu bestehen. Willst du, dass dein Kind auch so wird?

Habe Vertrauen zu deinem Kind, immer! Sage ihm, was du fühlst und denkst! Sage die Wahrheit und erinnere dich, dass du es schon konntest. Die Schule folgt Machtstrukturen, die dich und dein Kind trennen, indem sie Zwietracht säen. Habe Vertrauen zu deinem Kind und liebe es, denn es ist ein Teil von dir, von deiner Familie.

Hinterfrage deine Gedanken und Glaubensmuster, wenn du Misstrauen hast. Was läuft da für ein Film in dir ab? Sind es deine Gedanken? Sind es deine Gefühle? Was bringt dich dazu, Angst vor der Wahrheit zu haben?

Wenn du dir erlaubst wieder wie ein kleines Kind zu sein, wirst du diese Fragen leicht beantworten können. Probiere es doch einmal!

Lass die Ängste und das Urteilen los! Durchbreche es! Sage zu jemanden was du wirklich denkst und fühlst! Sage es und beobachte was passiert! Rede von DEINEN Gefühlen und sei dabei Wahrhaftig!

„Was wird dann passieren?“ fragst du?

Ich sage es dir. Die Wahrheit wird dich befreien, zuerst von deinen negativen Einstellungen in deinem Verstand und dann von deinen Ängsten. Du wirst beobachten, dass deine Gedanken und dein Urteilen dich betrogen haben, denn du wirst Liebe und Freude ernten im Außen. Beobachte es bei Kindern. Es funktioniert und ist ganz einfach!

Sagst du die Wahrheit, achtest und ehrst du andere, du zeigst ihnen Vertrauen und Vertrauen erzeugt Vertrauen. Du gibst ihnen die Erlaubnis auch dir zu sagen, was sie denken und fühlen. Dann wisst ihr wer ihr seid von Seele zu Seele und das öffnet euer Herzzentrum und die Liebe in euch.

Angst kann nur existieren, wenn etwas scheinbar von dir getrennt ist, wenn du es nicht kennst. Schaue hin und stelle dich dieser Angst und sie wird vergehen, denn es ist nur eine Illusion. Mach das Licht an und du wirst sehen, was das Geräusch erzeugt hat, das dir Angst machte. Lässt du das Licht aus, macht dein Verstand aus einem heruntergefallenen Papierschnitzel ein Monster, dabei war es nur ein Stück Papier!

Viele Menschen haben Angst vor Ratten. Hast du dir schon mal erlaubt eine Ratte länger zu beobachten und ihr direkt ins Gesicht zu schauen? Du würdest dich über ihre Mimik wundern. Sie können das Gesicht genauso verziehen wie du, vor Allem, wenn sie misstrauisch sind. Du kannst in den Gesichtern lesen. Nutze diese Fähigkeit und schaue hinter die Worte und Masken. Achte auf dein Gefühl, denn das ist deine Seelenverbindung. Höre auf deine Gefühle und die Täuschungen werden verschwinden. Habe Vertrauen und sage die Wahrheit und du wirst dein Leben in

Freude, Liebe und Mitgefühl leben! Ganz ehrlich: „Hand aufs Herz!“ ☺

Und ich möchte dir noch etwas sagen: Unsere Erde verändert sich und das Klima ändert sich! Weißt du, was die Ursache dafür ist? Liebe, göttliche Liebe! Die Erde geht in Heilung, die Menschheit geht in Heilung und dies hat mit dem Aufstiegsprozess zu tun! Jetzt wirst du mich fragen, warum ich dies sage? Ich sage dir, dass viel gestreut wird, was nicht der Wahrheit entspricht. Was bedeutet es, wenn Angst vor dem Klimawechsel erzeugt wird? Wer streut dies in unsere Vorstellungskraft, mit der wir unsere Realität erzeugen? Angst ist ein Machtmittel um die Wahrheit zu verschleiern! Merke dir dies gut! Der Klimawandel entsteht durch göttlichen Willen und ist göttliche Liebe! Höre auf gegen etwas zu sein, sondern drehe es um und sei für einen sanften Wechsel. Schicke Liebe in den Wandel und freue dich auf den Aufstieg! Stelle dir vor, dass die Menschheit wach wird und liebevoll in Frieden miteinander und der Natur lebt. Lebe die Wahrheit, die Weisheit und die Liebe und der Wandel wird leicht und freudig geschehen.

Ich liebe dich, die Menschheit, die Tiere und Pflanzen, die Erde und ich liebe den himmlischen Vater und seine Schöpfung. Und ich stelle mir vor, dass meine Worte dein Herz berühren und sich dort eine Tür öffnet, die Tür zu deiner Seele und zu deiner wahrhaftigen Herkunft, der allumfassenden göttlichen Liebe!

Und ich fühle, wie es sich jetzt öffnet und ich sende dir meine allumfassende Liebe aus meinem Herzen in das deine. Es ist die Liebe der Heilung und der Wahrhaftigkeit unseres himmlischen Vaters und unserer himmlischen Mutter. Mögest du ab jetzt wieder vereint sein mit dieser Liebe und sie ab diesem Moment leben. Dies ist mein Wunsch und dies ist mein Wille. Ich freue mich, dass du hier bist. Sei gesegnet auf deinem Weg!

Ich Bin das Ich Bin. So Ham! Nathanael

Seelenaspekte & Seelenanteile

Ein wichtiger Punkt in den Ela Ta Sin Seminaren ist zum Einen das zurückholen und integrieren fehlender Seelenanteile und zum Anderen, die Verbindung zu den eigenen Seelenaspekten herzustellen.

Es war zum Beginn der Ela Ta Sin Seminare meine Absicht, den Teilnehmern das Arbeiten mit dieser Energie genauso beizubringen wie die Elohim es mir gezeigt haben, doch es kam ein „NEIN, du sollst es anders machen!“ Darüber war ich erst etwas irritiert, doch ich bekam auch die Informationen wie ich es machen solle:

Jeder Mensch hat nicht nur einen Seelenaspekt auf der Erde, sondern mehrere gleichzeitig und so bekam ich den Auftrag den Teilnehmern zu zeigen, wie sie an ihre Parallel-Inkarnationen herankommen, sich mit ihnen zu verbinden und diesen eigenen Seelenaspekten zu helfen.

„OK!“ sagte ich und probierte es gleich im ersten Seminar aus. Die Teilnehmer waren sehr erstaunt darüber und hatten große Bedenken, wie sie es schaffen sollten. Doch kurze Zeit später hatten sie ihre Zettel vollgeschrieben mit der Anzahl der Seelenaspekte, die zur Zeit inkarniert sind, welchen Geschlechts sie sind, wo sie leben, was sie machen und sogar ihre Namen. Es war und ist ein richtiger Knaller und ein paar Teilnehmern ist der Kontakt soweit gelungen, dass sie Wissen miteinander austauschen können und sich sogar live begegnet sind. Es herrscht eine große Freude darüber, bei allen Beteiligten. Allen geht es viel besser und ich denke den Seelenaspekten ebenfalls.

Ich habe vor kurzem noch die Information bekommen, dass es jetzt an der Zeit ist, dass sich jeder Mensch wieder mit seinen vielen Aspekten verbindet und nicht nur mit denen hier auf der Erde.

Ein weiterer wichtiger Punkt in den Ela Ta Sin Seminaren ist das Integrieren von verschollenen Seelenanteilen.

Ich möchte euch daran erinnern, dass viele von uns schon dabei waren den spirituellen Weg zu gehen und das in vielen Inkarnationen. Leider kamen auch viele von uns dabei ums Leben, durch Folter und Hinrichtungen. Ihr braucht euch nur an die Inquisition zu erinnern, dann wisst ihr was ich meine.

Bei solchen Begebenheiten wurde unsere Emotionalaura-Membrane so geschädigt, dass Seelenanteile in den alten Inkarnationen hängen blieben. Viele körperliche und seelische Probleme treten genau in dem Alter auf, in dem die Person in der alten Inkarnation starb. Für uns ist es möglich diese Verletzungen und auch die Ursache des Todes zu sehen und zu fühlen. Bei den Seminaren machen wir dies spätestens vor der letzten Einweihung während des Seelenchannelings. Im Kontakt mit der Seele geht es ganz leicht und sie hilft dabei. Für die Personen, bei denen die Seelenanteile zurückgeholt und integriert werden, fühlt es sich an, als wenn frischer Wind durch sie hindurch fließt und sie fühlen sich alle wesentlich leichter und entspannter. Die Symptome, die mit diesem Tod zusammenhingen sind dann meistens augenblicklich verschwunden. Dies kenne ich aus eigener Erfahrung gut und es ist wunderschön dies bei den Seminaren anwenden zu können und zu dürfen.

Hierfür danke ich den Elohim und allen, die daran beteiligt sind. Es ist ein großer Segen für uns alle.

El Mogar Ba

Ufos und außerkörperliche Erfahrungen

Es ist wirklich erstaunlich, was einem so passieren kann und noch erstaunlicher, dass man danach viele Menschen trifft, die ähnliche Erfahrungen gemacht haben, so geht es jedenfalls mir.

Die erste bewußt außerkörperliche Erfahrung machte ich bei einem Telefonat. Der Frau ging es ziemlich schlecht, sie hatte viele Ängste und leider auch eine starke negative Fremdbesetzung. Ich sagte zu ihr, und dass eher aus Scherz, dass ich mal eben rüberkomme. Im selben Moment wurde mir schwindelig und ich hatte das Gefühl umzukippen. Ich stand mitten im Wohnzimmer und in der nächsten Sekunde befand ich mich in ihrem Körper wieder. Einen Moment war ich etwas über das Gefühl des weiblichen Körpers verwundert, aber gleichzeitig sah ich sie von Außen und die Energien in ihrem Innern. Ich entsorgte die Fremdbesetzung und ich flog in Sekundenschnelle zurück. Etwas benebelt hörte ich sie danach fragen, was das eben gewesen sei. Die Ängste und ihr Unwohlsein waren verschwunden. Ich hatte Zeit darüber nachzudenken.

Von da an passierte es öfter, dass ich beim Einschlafen den Körper verließ und durch Hamburg flog. Zu Anfang sah ich alles in violetten Farbtönen und nachher ganz real. Ich konnte die Menschen, Straßen, Autos sehen und sogar die Speisekarte von einem Restaurant lesen, wobei ich allerdings zu sehr im Verstand war, dass ich sogleich wieder im Bett in meinem Körper landete.

Eines Tages wachte ich im Schlafzimmer auf, verließ das Bett und drehte mich um. Verwundert sah ich, dass es gemacht war und meine Frau und ihr Kind nicht in der Wohnung. Dann kam die Erinnerung: „Ach ja, wir machen doch Urlaub auf Sylt!“ Irgend etwas zog mich mit einem Ruck nach hinten und ich lag auf Sylt im Bett. Glaub es oder glaub es nicht, aber dies war immer noch nur der Anfang.

Hast du schon einmal ein Ufo gesehen? Ich habe schon viele gesehen und in vielen Formen. Das erste Ufo sah ich am Nachthimmel in Jugoslawien, beobachtete es durch ein Fernglas und dachte sei ein Satellit, jedoch flog es plötzlich im rechten Winkel davon.

In Hamburg habe ich einmal eines mit Fenstern vor meinem Penthouse schweben sehen. In einer anderen Wohnung habe ich über fünf Minuten lang einen riesigen Feuerball schweben sehen, der von einem Moment zum anderen verschwunden war. In der Nähe von Bremen habe ich in Schäfchenwolken fünf riesige Kreise gesehen und absolut rund und gleich groß, ca. 300 Meter im Durchmesser. Durch sie war der blaue Himmel zu sehen.

In Uenzen habe ich auf dem Nachhauseweg kurz hinter dem Haus einen riesigen Stern gesehen. Es dämmerte und ich stürmte in die Wohnung um meine Kamera zu holen. Ich hörte ein tiefes Brummen, sah aus dem Fenster. Dort erblickte ich ein riesiges dreieckiges Ufo, was über das Dach verschwand. Ich lief nach Draußen, doch es war weg. Und wo eben noch kristallklare Sicht war, war jetzt ein undurchdringlicher Nebel. Ein paar Tage habe ich mehrere Fotos gemacht, nur so vom Himmel, denn er sah schön aus. Als ich die Aufnahmen betrachtete, war dort ein Ufo zu sehen und beim nächsten Bild, was ich gleich danach machte war es fast verschwunden und auf beiden Bilden ein Abfangjäger, von denen noch mehrere auf den anderen Bildern zu sehen waren. Ich hatte aber keines dieser Flugzeuge gehört.

Das letzte Ufo, dass ich sah, sah ich beim Spazierengehen mit den Hunden, aus einem Kornfeld stieg eine Handball große, Gold leuchtende Kugel auf, flog einige Meter über das Feld und versank dann wieder in den Halmen. Das ganze geschah am helllichten Tag in ca. 15 Metern Entfernung.

Meine erste bewusste Außerirdische Erfahrung war auch interessant, den ich wachte auf und fand das Dämmerlicht irgendwie seltsam, allerdings war auch der Raum komisch, denn er war halbrund und ich kannte ihn nicht. Ich stand auf, ging zu den großen Glasfenstern der Rundung und öffnete eine Schiebetür, die lautlos und leicht aufglitt. Ich trat nach draußen und wunderte mich über die niedrigen unbekannten Pflanzen und das seltsame Licht. Die Schatten waren alle sehr lang und so drehte ich mich in die Richtung, aus der das Licht kam. Dort ging gerade am nahen Horizont die Erde auf! „Die Erde?“ rief ich erstaunt. „Ich bin auf dem Mond!“ Und dann ruckte es wieder in meinem Körper und ich saß in Hamburg auf dem Bett.

OK, kaum zu glauben aber war. Ich wurde des Nachts aus meinem Bett geholt auf das Raumschiff von Ashtar Sheran geholt. Er sprach mit mir und zeigte mir, was auf der Erde und im Weltraum los ist. Im Raumschiff leuchteten die Wände und auch der Boden in weichem bläulichen Licht. Doch als er mir den Weltraum zeigte wurde alles durchsichtig, als würden wir im Weltraum schweben. Ich sah die Erde und viele Raumschiffe. Er erklärte mir, dass immer noch feindliche Handlungen stattfänden (ist schon ein paar Jahre her) und die Erde davon nichts mitbekommen würde, da man in diesem Fall ein Hologramm um sie projiziert. Ich war danach noch einige Male auf dem Raumschiff und das letzte Mal machte Ashtar ein sehr freundliches und entspanntes Gesicht. Ich denke, dass die großen Schwierigkeiten gemeistert sind.

Weiter möchte ich hier nicht darüber schreiben!

Zeichnung von einem Besucher

Dieses Wesen besuchte mich am 21.2.1997, gegen 08:00 Uhr morgens. Seine Farbe war grau - braun - silbrig.

Ich hatte das Gefühl von einer männlichen Präsenz mit liebevoller Schwingung. Er stand an meinem Bett und beugte sich leicht über mich. Er sah mich nur an, lächelte und verschwand, indem er sich einfach auflöste, als hätte er nur aus Nebel bestanden.

Danach fertigte ich sofort diese Zeichnung an, damit es immer in Erinnerung bleibt. Ich habe immer noch ein absolut liebevolles Gefühl, wenn ich daran denke!

Die Atemtechnik für den Aufstieg

Ich hatte ja schon angedeutet, noch weiter auf die „8" einzugehen, das Symbol der Unendlichkeit. Ich hatte auch schon geschrieben, dass die Hara-Line durch den Körper meistens nur einen Durchmesser wie der kleine Finger hat. Nach den Ela Ta Sin Einweihungen öffnet sich die Hara-Linie mindestens 30 cm im Durchmesser. Bei immer mehr eingeweihten Personen öffnet sie sich sogar soweit, dass sie mit ihrem physischen Körpern in dieser Pranaröhre oder besser gesagt Lichtsäule stehen, deren Umrisse so sanft aussehen, dass ich erst Schwierigkeiten hatte dies wahrzunehmen. Ich habe einmal die Öffnung meines Kronenchakras sehen können. Sie hatte einen ungefähren Durchmesser von 2-3 Metern. Es fühlt sich für mich richtig an, wenn in Channelings von Erzengel Michael gesagt wird, dass dies die ursprüngliche Größe der Lichtsäule oder Hara-Line durch unseren Körper ist, es ist die „Lebensschnur zu deiner Quelle"! Klingt doch gut, oder?

Jetzt ist die Zeit gekommen in unserem Herzen zentriert zu bleiben und uns mit der allumfassenden göttlichen Liebe zu verbinden, denn dies brauchen wir für unseren Aufstieg und für die Wiederverbindung mit unserer Zwillingsflamme. Aber nun zu der Atemtechnik, die von Erzengel Michael „Alpha-Meister-Technik" genannt wird:

Atme tief in dein heiliges Herzzentrum hinein, es liegt vor deinem Herzchakra. Lass dabei allumfassende göttliche Liebe in dich hineinströmen, leite diese Energie die Pranaröhre empor und lasse sie aus deinem hinteren dritten Auge (Medulla Oblongata) herausfließen, weiter im Bogen zum Kronenchakra, über deinen Kopf nach vorn zurück ins Herzchakra. - Jetzt atme aus und lass die allumfassende göttliche Liebe vom Herzzentrum die Pranaröhre nach unten fließen, dann aus deinem Wurzelchakra herausfließen und nach vorn im Bogen zurück nach oben zum Herzzentrum fließen! Jetzt beginnt wieder das Einatmen! Wiederhole diese Atemtechnik einige Male und beobachte dabei deine Gefühle und deine Wahrnehmung.

Als ich es das erste Mal ausprobierte, bemerkte ich beim Einatmen, noch einen leichten Widerstand, der sich schnell auflöste. Es ist ebenfalls eine Membrane, die bei dieser Technik geöffnet wird und den Zugang zu unserem Aufstiegschakra an der Schädelbasis öffnet.

Hier hatte ich früher oft pulsierenden Kopfschmerz, der vom ersten Halswirbel ausging. Während der Atemtechnik bekam ich den Hinweis, dass die Ursache diese Membrane war.

Durch die Atemtechnik wird diese Membrane aufgelöst und die Aktivierung des Aufstiegchakras gefördert und dabei der Zugang zu höheren Bewusstseinsebenen erlaubt.

Wichtig ist dabei im Herzen zentriert zu bleiben. Du wirst bemerken, das sich diese Atemtechnik nach einer Weile automatisiert und die Form der Acht sich verändert. Sie dehnt sich immer weiter aus und öffnet den Portalweg auf der Rückseite des Herzens. Er ist der Zugang zu den Himmlischen Städten des Lichtes und unserer Pyramide des Lichtes in der fünften Dimension.

Vielleicht erinnerst du dich an meine Vision der Pyramide im Universum, die ich in meinem ersten Buch „Ela Ta Sin – Die Energie der Elohim“ beschrieben habe. Es wird mir jetzt bewusst, dass damals die Öffnung meines Portals stattfand und es funktionierte.

Die erweiterte Unendlichkeits-Atem-Technik kannst du anwenden, wenn du die vorherige einige Zeit gemacht hast. Hierbei gibt es nur eine kleine Änderung: beim Einatmen lässt du die allumfassende göttliche Liebe hinten aus dem Portal herausfließen, dann weiter über das Kronenchakra zurück zum Herzzentrum usw.!

Viel Spaß beim Ausprobieren, Erfahren und beim Aufstieg! Ich freue mich, dass du dabei bist!

Unausgesprochene Verträge

Hier möchte ich ein Thema ansprechen, das den meisten Menschen nicht bewusst ist: wir haben viele unausgesprochene Verträge, über die wir niemals reden.

Ich nenne dir hier zuerst ein paar Beispiele, damit du weißt, worum es geht:

1. Das Schweige-Gelübde

   Schon als Kinder wurden wir dazu gebracht zu Schweigen, denn macht man etwas Verbotenes mit gleichaltrigen Freunden, dann wird mit Erwachsenen nicht darüber geredet! Wenn doch, wird man aus der Gemeinschaft ausgeschlossen oder zumindest emotional attackiert. Was Jungen untereinander besprechen, geht Mädchen nichts an und was Mädchen untereinander sagen, die Jungen ebenso nicht.

2. Das spirituelle Schweige-Gelübde

   Als Kind redet man mit den Erwachsenen nicht über Hellsichtigkeit und andere spirituelle Fähigkeiten, denn das verstehen sie sowieso nicht. Hierbei muss ich anmerken, dass die Indigo- und Kristallkinder schon wesentlich offener damit umgehen.

3. Das sexuelle Schweige-Gelübde

   Über sexuelle Aktivitäten außerhalb einer Liebesbeziehung redet man nicht. Mit Freunden schon, aber sie müssen schweigen, denn sie könnten ja in eine ähnliche Situation kommen. Reden sie doch darüber, ist die Freundschaft beendet.

4. Die Meldepflicht

   Sage deiner Mutter immer wo du bist, damit es keinen Ärger gibt, oder sie sich Sorgen macht und leidet. Dies gilt natürlich auch in Partnerschaften, vor allem in Liebesbeziehungen.

So, ich denke es gibt dir eine Idee davon, was ich meine mit unausgesprochenen Verträgen. Nun möchte ich dir etwas ans Herz legen, was ich die „Mutterfalle“ nennen möchte denn das Verständnis hierüber wird dir deine Beziehungen wesentlich erleichtern. Es betrifft Mann wie Frau gleichermaßen.

Männer werden von Frauen erzogen, das ist überwiegend so. Daraus resultiert, dass die Kinder eigentlich gar nicht wissen was Männer eigentlich sind. Die Mutter ist die Königin und Herrscherin in der Familie. Das fängt schon damit an, dass das Kind mit der Muttermilch die erste „mündliche Überlieferung“ bekommt:

Nahrung, Aura-Energie, Informationen des Immunsystems und der Emotionen der Mutter Wissen und Schutz!

Die Frau hat das weibliche Prinzip des Empfangens. Sie hält die Familie zusammen, kann sich auf viele Dinge gleichzeitig konzentrieren,was für die Erhaltung der Art absolut wichtig ist. Auf die Kleinen aufpassen, für das Nest sorgen, alles organisieren, das Umfeld schützend beobachten und gleichzeitig über mehrere Themen reden ist für sie problemlos.

Der Mann hat das Prinzip des Gebens. Er ist der sensible Jäger, der Satellit in der Konstellation im Familienverbund. Alle seine Sinne sind auf ein Ziel ausgerichtet, um von Außen der Familie das zu geben, was sie benötigt. Er kann mehreren Themen nicht gleichzeitig folgen, denn sein Instinkt ist, beim Jagen nur diejenigen Informationen herauszufiltern, die ihn zur Beute führen.

Beschäftigt sich ein Mann also mit einem Thema, dann ist er auf der Jagd.

Die beiden Prinzipien muss man lernen zu verstehen, sonst ist es wirklich schwierig, eine tiefe innige Liebesbeziehung auf Dauer aufrecht zu erhalten.

Lernen Mann und Frau sich kennen und lieben, sind beide füreinander gleichermaßen Jäger und Beute, um bei dieser Metapher zu bleiben. Beide genießen es füreinander da zu sein. Es gibt keine Probleme. Doch so ganz langsam und leise schleicht da etwas in die Beziehung hinein: die Mutterfalle!

Die Frau fängt an, gut gemeint, ihren Mann an Dinge zu erinnern: „Schatz, da hast du etwas liegen lassen oder dort sind deine Socken!" Sie fängt an ihren Mann zu bemuttern.

Ja, und was macht der gute Mann? Er fragt ständig: „Wo sind meine Sachen!" Er gibt seine Verantwortung in vielen Dingen an seine Frau ab, die dann Stück für Stück, immer mehr seine Mutter wird. Er erzieht sie regelrecht dazu, ohne es zu merken.

Aber wer wird schon gerne mit seiner Mutter verheiratet sein? Er zieht sich immer mehr zurück und sie macht immer mehr, weil er nicht macht. Er flüchtet vor Gefühlen und Gesprächen, und sie kann ihre Gefühle und Bedürfnisse nicht an den Mann bringen! - Das ist die Mutterfalle!

Aber wie kommen wir da raus, wirst du dich fragen? Vielleicht hast du schon viele Beziehungen gehabt und traust dich schon gar nicht mehr an eine neue heran? Falls es so sein sollte, sage ich dir, dass es nicht die Angst vor der Liebe in einer neuen Beziehung ist, sondern die Angst vor den unausgesprochenen Verträgen, die dann nach den „Werbewochen" hochkommen, samt der ganzen Prägungen durch die Familiendramen!

Die Lösung ist ganz einfach, wenn du ein wenig verstanden hast, was ich dir mit dem Beschriebenen ans Herz gelegt habe: Rede über deine Gefühle, deine Wünsche und was dir Freude macht!

Erinnere dich daran, was ihr am Anfang eurer Beziehung gemacht habt. Wie war das? Wo ist eure Zärtlichkeit und euer Verständnis füreinander? Wann habt ihr das letzte Mal richtig miteinander gekuschelt? Na?

Mache dir darüber Gedanken! Erinnere dich!

Hast du irgendwelche negativen Gefühle gegenüber deinem Lebenspartner, so beruhige dich erst einmal. Fühle in deine Gefühle hinein und lass dir Zeit dabei. Werde dir darüber klar, was du fühlst und was du willst. Sage niemals etwas im Zorn, sondern schlafe erst einmal eine Nacht darüber. Beruhige deine Emotionen und konzentriere dich auf Liebe! Wie fühlt sich Liebe an? Wie hat sich eure Liebe zu Anfang eurer Beziehung angefühlt. Was hat das für dich bedeutet? Wie seid ihr miteinander umgegangen? Was hat euch gemeinsam Freude bereitet?

Lass alle Gedanken los, die außerhalb von Liebe, Achtung und Freude sind! Redet miteinander über eure Gefühle, Wünsche und Sehnsüchte! Redet miteinander über eure Träume! Lacht miteinander! Liebt einander! Seid Wahrhaftig und achtet einander!

So und nun schaut euch tief in die Augen, lächelt euch an und ab jetzt wird jeden Tag zärtlich miteinander gekuschelt! Ich weiß, das ist hart ;-) , aber ganz ehrlich.......

das erzeugt Seelenfrieden!

Zwillingsflammen

Hier möchte ich euch einen Ausschnitt aus dem Seelen-Channeling mit Diana für Sirijana (Andrea) mit auf den Weg geben, denn hier wird sehr schön deutlich, was Zwillingsflammen füreinander fühlen:

Seele von Sirijana:

Ich komme von den Engeln des Grünrosagoldenen Strahls. Ich komme direkt aus der 11ten Dimension, es ist die schönste von allen und es bringt das goldene Schöpferische Licht mit hinunter auf die Erde.

Ich bin sehr empfindsam und sehr sensibel im Empfangen von Schwingung und ich liebe das Smaragdgrün von Ronald (Nathanael). Es bringt mein Herz zum Singen, zum Klingen und zum Schwingen und es durchdringt mich völlig und ganz und gar, denn es erinnert mich an eine Zeit, in der ich mit dieser kosmischen, kristallenen Planetenenergie verbunden war, bevor ich auf eine andere Dimensionsebene ging.

Ich liebte dieses Smaragdgrüne Licht, weil es so einen herrlich durchdringenden Schöpfungsgedanken erhält. Es ist das grüne kosmische Licht der Gerechtigkeit, der Schutz bringenden göttlichen Wahrheit. Und das ist es, was ich an ihm liebe.

Und dieses Licht hält mich gefangen, fast gebannt, denn immer, wenn ich es erblicke, dann finde ich es so herrlich, dass ich meine Augen kaum abwenden kann. Es erfüllt mich mit äußerstem Entzücken und es ist wie ein schönes Licht, das funkelt und je nach dem, wie man es dreht, enthält es unterschiedliche Sphären. Manchmal bricht sich darin ein Strahl von Silber und manchmal ein Hauch von Gold und manchmal enthält es ein leichtes

Cremekupferfarben. Und von welchem Farbstrahl ich es aus auch immer betrachte, es lässt sich damit spielen.

Ich spiele gerne mit deinem Licht!

Seele von Nathanael (Ronald):

Es tut gut, wenn du auf mir spielst, denn dein leichtes Berühren erinnert mich an die Leichtigkeit. Ich weiß, dass meine Aufgabe manchmal schwer ist, oder schweren Herzens ist, indem ich mit meinen Strahlen alles zu durchdringen vermag, auch die untersten Schichten der Hemisphäre. Und wenn mich dann dein sanftes Licht berührt, dann erinnere ich mich an den höchsten Grad der Schöpfung und an die Leichtigkeit des Seins. Das bist du für mich, mein goldener schöner Engel.

Und dann weiß ich, dass Alles gut ist und dass Alles heilen wird, denn so ein Wesen wie du, kann nur auf Erden existieren, wenn es einen guten Grund und Boden hat. Und es wird mir ein Leichtes sein, dafür zu sorgen, dass in deinem Umfeld immer Alles schön bleibt, so wie du es brauchst, denn Schönheit ist ganz wichtig für dich. Du brauchst die Schönheit zum Leben, zum Arbeiten und sogar zum Essen, oder auch um dich zu bekleiden.

Das höchste Licht ist mit vollendeter Schönheit verbunden. Das ist der Fokus, auf den es sich richtet. Wir wollen das Schöne emporheben und wollen es den Menschen zeigen, während das Negative langsam im Untergrund entschwindet, wobei es sich nur um unterschiedliche Farbschattierungen handelt.

Und in dem Augenblick, wo man sanftes feines Licht hineinfließen lässt, können sich die Farbschattierungen vermischen und sie werden heller, lichter, feiner!

Seele von Sirijana:

Ja, so mache ich das auch mit den Haaren.

Manchmal lasse ich goldenes Licht einfließen, wenn ich so ein Strähnchen einflechte und ganz besonders liebe ich auch so ein fein nuanciertes Rot. Es hat so eine Spur von rötlich Gold und wenn ich dann mit den Farbschattierungen spiele, dann weiß ich genau, welche Energie ich hineingeben möchte. Ich betrachte die Person sehr ausgiebig und sehr lange. Ich spüre mich hinein und spüre den Hauch von Seele. Ich atme ihn förmlich in mich auf, um dann die Energie durch meine Hände hinausfließen zu lassen. Indem ich das umsetze in materielle Wahrheit, was ich auf kosmischer lichter Ebene wahrgenommen habe. Und dann fließen die Farbströmungen nur so heraus und die Menschen sind hinterher durchleuchtet und durchflutet von dem Licht, dass ich hinein gab!

Und wenn ich dann die strahlende Schönheit in den Augen betrachte, wenn ihre Herzen glänzen und die Frisur nicht nur vom Haarspray, dann hab ich ein gutes Werk getan und ich kann in mir zufrieden sein, denn ich weiß, dass ein neues Licht geboren wird und das ich ganz sanft, wie Engelstaub, das Schöne auf die Erde bringen werde, ganz leise ohne zu sprechen, arbeiten meine Hände und geben dem Göttlichen die Natur.

Manchmal lass ich auch Rede einfließen, aber ich habe festgestellt, dass, obwohl ich das gesprochene Wort so sehr Liebe, manchmal auch eine handelnde Tat von Nutzen sei. Und dass ich somit eine einzigartige Kombination besitze von aktivem Handeln, gepaart mit einem gewandten Wort. Und das ist ein gutes Übungsfeld für meine spätere Aufgabe. Ich werde auch Typberatungen machen und Menschen helfen auf ihrem Weg zu gehen, denn ich habe einen Blick für Schönheit und für das kosmische Auge. Ich werde die Menschen lehren mit anderen Augen zu sehen und dafür liebe ich den Spiegel so sehr. Ich mag gerne schöne große leuchtende Spiegel, in denen sich Menschen lange und ausgiebig betrachten können. Und ganz besonders mag ich Spiegel in Schlössern. Sie sind einfach riesengroß und beinhalten Alles, was man sich nur zur Verfügung vorstellen kann. Immer, wenn ich so ein großes Anwesen betrete, dann zieht mich der Spiegel magisch an, denn in diesem Spiegel kann ich die Zeit lesen. Durch den Spiegel kann ich eintreten und austreten auf anderen Ebenen und ich kann das ganze Zeitgeschehen epochal verfolgen. Der Spiegel ist ein gutes Medium, die Welt und die Seele darin zu erkennen!

Begegnung der Zwillingsflammen

Es war im Mai 2006 und ich wollte mir die Haare schneiden lassen. Allerdings wollte ich auch zu einem anderen Friseur, denn ich bin sehr empfindsam an der Krone, was heißt, dass ich Hände von einer niedrig schwingenden Person im Kronenchakra nicht vertrage. Also wollte ich das erste Mal zu einem Friseursalon in Bruchhausen-Vilsen. Ich wußte, wo er ist und fuhr hin. Nur fand ich ihn nicht, obwohl ich die Straße mehrere Male auf und ab fuhr. Solche Situationen kenne ich schon, wenn etwas Wichtiges anliegt. Kurz darauf hörte ich von einem Klienten vom Friseursalon „En Vogue“ und fuhr dort hin. Ich fuhr dreimal an dem Salon vorbei und konnte nicht einmal anhalten. Mein Gefühl sagte mir: „Wenn du hier anhälst, wird sich dein Leben verändern!“ Also fuhr ich nach Hause.

Dort bekam ich die Information von den Elohim: „ Das nächste Seminar in Ela Ta Sin wird völlig anders, lass dich überraschen!“

Nun, was soll ich sagen? Es lag etwas in der Luft und ich wußte nicht was es sein könnte, denn mein Herzchakra spielte völlig verrückt, hauptsächlich, durch das Arbeiten mit Ela Ta Sin, denn die Liebesschwingung dieser Energie ist wahrlich sehr hoch. Und dann geschah es:

Es klingelt an der Tür. Ich war im Garten und vor dem Gartentor stand Andrea, die Besitzerin des Friseursalons „En Vogue“. Sie marschierte durch dieses Tor direkt in mein Herz und meine Seele hinein. Ich machte ihr in den nächsten zwei Stunden drei Liebeserklärungen. Ich hörte mich diese Erklärungen sagen und wollte es gar nicht. Ich habe mich gefragt, ob ich jetzt völlig durchgeknallt sei, ich wollte es überhaupt nicht, denn ich lebte mit Karin zusammen. Ich habe mich bei Andrea auch dreimal entschuldigt, aber es nützte gar nichts. Mein Inneres bebte. Mein ganzer Körper bebte. Ich musste ständig an Andrea denken und immer und ständig hatte ich „Herzbeben“! Kurz darauf lernten sich auch Karin und Andrea kennen und sie mochten sich auf Anhieb. Karin bemerkt auch sofort, was mit mir los war und ich sollte es ihr erklären, was ich aber überhaupt nicht konnte, denn ich verstand es gar nicht. Ganz ehrlich, wie sollte ich etwas erklären, was ich nicht annähernd selbst verstand?

Andrea nahm am folgenden Ela Ta Sin Seminar teil und bei ihrer Einweihung knallten dann wirklich alle Sicherungen bei mir durch. Die Einweihungen waren Verschmelzung und ich bebte noch mehr vor mich hin.

Nach dem Kurs hatte ich eine Vision im Wachzustand, indem Andrea auf mich zugeflogen kam und wir Eins wurden. Ich war so erfüllt von Liebe zu Andrea und auch zu Karin, dass ich gar nicht mehr weiter wußte. Karin ist ein gutes Medium und ihre Wahrnehmung sensationell. Sie wußte schon lange vorher, dass dies geschehen würde. Sie stellte mich zur Rede und wollte von mir wissen, was los sei. Ich konnte ihr meine Gefühle erklären, meine Liebe und mein Chaos in mir selbst, aber absolut nicht zufriedenstellend. Wie auch? Ich wusste es einfach nicht!

Für Karin war es bestimmt nicht einfach und sie war auch sehr traurig, aber sie fing bei dem Gespräch irgendwie zu leuchten an. Sie war so klar und weise in ihren Worten und auch liebevoll. Dann rief sie Andrea an und fragte sie während des Gespräches, ob sie sich ein Leben mit mir vorstellen könne. Das war für mich zuviel, denn das wollte ich gar nicht. Ich verließ die Wohnung und erwischte mich dabei eine SMS an Andrea zu schreiben: „Kann ich bei dir schlafen?“ zurück kam ein „Ja“!

„Was mache ich hier eigentlich?“ fragte ich mich selbst, denn das wollte ich doch gar nicht. Mein Herz und mein Verstand spielten verrückt und meine Gefühle waren absolut durcheinander. Und von Oben kam immer nur: „Erlaube es dir! Erlaube es dir! Erlaube es dir! Erlaube es dir!“ - Ich habe es mir erlaubt!

Seitdem sind acht Monate vergangen. Ich bin mit Andrea zusammen, wir sind Zwillingsflammen und es gibt zwischen uns keinen Unterschied, nur die Einheit der Liebe, der Gedanken, der Gefühle und Taten. Genau dies hatte mir Anita in der Durchsage prophezeit!

Karin und ich lieben und verstehen uns mehr als jemals zuvor. Es ist eine so wundervolle tiefe Freundschaft, die ich als einen Segen empfinde und für den ich dem Himmel dankbar bin, genauso wie für die Begegnung und das Zusammenleben mit meiner Zwillingsflamme Andrea. Die Beiden verstehen sich absolut gut und haben sehr viel Freude zusammen. Wir geben gemeinsam die Ela Ta Sin Seminare in absoluter Wahrhaftigkeit miteinander. Das ist wundervoll. Wir leben es Anderen vor, wie die Menschheit sein sollte und bald sein wird!

Inzwischen habe ich verstanden, dass wir unsere Zwillingsflamme in unser Leben ziehen, wenn sich unser Herzzentrum der allumfassenden göttlichen Liebe öffnet, was bei den Ela Ta Sin Einweihungen geschieht. Ja, selbst in den Kursen bebt alles von dieser Liebesenergie. Es ist ein so großes Geschenk des Himmels, dass wir Drei dies gemeinsam weitergeben können. Danke „Papi"!

Und nun freuen wir uns auf die Zwillingsflamme von Karin, die auch schon „in der Luft liegt"! Und wir freuen uns darauf, dass du dein Herz öffnest und auch deine Zwillingsseele mit dir in Kontakt tritt. Wie auch immer es bei dir sein wird, es wird auf jeden Fall sehr spannend, voller Freude und Liebe sein. Öffne dein Herz!

Nathanael

Was kannst du für dich tun?

Ich möchte dir hier ein paar kleine Tipps geben, mit denen du viel für dich tun kannst.

Viele Menschen haben Probleme mit Rückenschmerzen, das liegt zum größten Teil daran, dass sie aus irgendeinem Grunde ihre Kundalini-Energie in ihrer Wirbelsäule unterdrücken. Diese Energie spürt man gut, wenn man „Rot sieht" und eine Hitzewelle die Wirbelsäule empor steigt, bis zum Kopfe.

Kann diese Energie nicht hochsteigen, gibt es an der Stelle in der Wirbelsäule eine Blockade. Dies äußert sich als Schmerz. Hinten am Kreuzbein, also am hinteren Emotional-Chakra, ist der Wille in Beziehungen. Es ist also irgend etwas in den Beziehungen, die man hat, nicht in Ordnung. Es ist wichtig, dann über die eigenen Gefühle gegenüber anderen Personen nachzudenken. Anderen Menschen zu vergeben und negative Gefühle loszulassen. Überlege gut, auf wen du noch sauer bist! Erinnere dich daran, wie sich Liebe anfühlt und sende diese Liebe durch deinen eigenen Körper und dann zu der Person.

Um deine Wirbelsäule wieder zu entspannen, denke einmal darüber nach, wie Kinder laufen. Wenn sie noch klein sind laufen sie grundsätzlich auf den Zehenspitzen. Mache das auch einmal, am Besten barfuß. Du wirst dann merken, dass sich deine Wirbelsäule total entspannt und sich beim Gehen in Schlangenlinien federnd bewegt.

Dann mache folgendes Experiment: Halte deine Ohren zu, indem du dir die Finger in die Ohren steckst und dann laufe wie vorher über den Hacken. Was hörst du? Wie fühlt sich das an? Bemerkst zu den Schlag der von unten nach oben bis in den Kopf durch den Körper geht? Es fühlt sich dann an, als würde man eine Gehirnerschütterung bekommen und dieser Schlag ist ziemlich laut. Wir haben das aus unserem Leben ausgeblendet, weil unsere Mutter auch schon so über den Hacken gegangen ist. Im Bauch unserer Mutter hörten wir genau dieses gleiche Geräusch und nehmen es deshalb jetzt normalerweise nicht mehr wahr.

Jetzt laufe wieder auf den Zehenspitzen. Wie fühlt sich das jetzt an? Wesentlich besser oder? Wie fühlt sich jetzt deine Wirbelsäule an? Merke dir das gut. Außerdem bringt das auf den Zehenspitzen laufen den Blutkreislauf richtig in Gang, denn die Waden sind der Gegenpol zum Herzen und pumpen das Blut von unten nach oben durch den Körper. Du wirst bemerken, dass dir viel wärmer wird, du dich wohler fühlst und alle Energien im Körper besser fließen. Also laufe doch öfter mal auf den Zehenspitzen.

Ist dir bekannt, dass die Kirche das Tanzen auf Zehenspitze im Mittelalter verboten hatte? Sie hatte es, denn die Menschen werden beim Ballett tanzen wach. Die Gegenmaßnahme des Adels war die Erfindung der High Heals (hoch heilt), der hochhackigen Schuhe, mit denen man ja auf den Zehenspitzen gehen muss. Es ist einer der Gründe, warum Frauen meistens spirituell bewusster sind als Männer.

In China wurde damals sogar eine Bambusflöte, das Shakuhachi, verboten und deren Benutzung mit der Todesstrafe geahndet. Ich weiß um die Kraft dieser Flöte und deren Wirkung auf unser feinstoffliches Energiesystem. Sie öffnet unsere Chakren und hat ein starke heilende Wirkung! Dies ist der Grund, weshalb ich dieses Instrument in vielen meiner Medialen Kompositionen benutzt habe. Gerade im Album ASHRON - „Inner Peace“, ist es das Hauptinstrument. Du kannst ja mal Hineinhören auf meiner Homepage: www.ashron.net! Dieses Album hat eine heilende, beruhigende und eine Energie anhebende Wirkung. Es ist stark Verbunden mit der Energie der Elohim und eine absolute Empfehlung meinerseits, wenn du deine Eigenschwingung anheben willst. Aber Vorsicht, die Musik macht richtig Süchtig :-)

Das Wort „CANCEL“

Ein weiterer Tipp ist das Wort CANCEL! Es hat eine sehr starke Löschfunktion bei negativen Gedanken, Gefühlen und Vorstellungen.

Da die Schwingung auf der Erde und auch deine Eigenschwingung sich immer schneller erhöhen, manifestieren sich die Realitäten, die du durch Vorstellungskraft, Gefühl und Wille erzeugst, auch immer schneller.

Gerade durch die Einflüsterungen der Dunkelkräfte sind manche Vorstellungen und Gefühle wahrlich absolut nicht wünschenswert. Beobachte deine Gedanken und Visionen. Ist etwas dabei, was du nicht willst, so sage NEIN dazu und gebe den Befehl: „CANCEL!“ Damit ist die Angelegenheit erledigt und es kehrt wieder Ruhe ein in deinem System.

Dies ist eine Anweisung von der geistigen Welt, die mich beim Schreiben gerade darauf hinwies, es hier an dieser Stelle im Buch zu schreiben. Die Zeit der langen Rituale ist vorüber. Sage was du denkst, fühlst und willst. Teile dies deinen Mitmenschen mit und auch deinen Geistführern und himmlischen Helfern. Sage was du willst und sage was du nicht willst. Benutze deine ICH BIN Energie und sage zu dem Ungewollten einfach: „CANCEL!“ Und denke daran, dass dies ein Befehl ist. Sage oder denke es mit deiner Kraft und deiner Macht!

Die wünschenswerten Realitäten erreichst du durch positive Gedanken, einen fokussierten Willen, der auf deine Vorstellungskraft mit Absicht einwirkt und positive Gefühle, wie Liebe und Freude. Das Ganze ausgerichtet auf HIER und JETZT! Viel Spaß beim Erschaffen deiner wünschenswerten Realität.

Voraussetzungen für ElaTaSin – Basic

Ich werde immer wieder gefragt: „Was für Voraussetzungen muss eine Person mitbringen, um an den Ela Ta Sin – Basic Seminaren teilnehmen zu dürfen?"

Und ich antworte zum großen Verwundern des Fragenden:

„KEINE!"

Dies möchte ich dir hier erklären: Wenn du dies hier liest, hat dich irgend etwas angeklickt. Du bist mit der Ela Ta Sin – Energie in Resonanz gegangen und die Elohim und deine Geistführer haben dich geführt. Es ist also kein Zufall, dass Ela Ta Sin auf dich zugefallen ist. Es hat dich an etwas erinnert, was du auf den Ebenen, von den du gekommen bist, schon kanntest. Es sollte ein Hinweis für dich sein, dass der Zeitpunkt JETZT gekommen ist. Darum liest du dies hier gerade.

In dem Moment, wo du das Gefühl hast, Ela Ta Sin machen zu wollen, hatten wir beide schon Kontakt miteinander. Wir haben schon auf den geistigen Ebenen zusammengearbeitet und du hast mit mir, den Elohim und deinem Inkarnationsrat alles besprochen, was du lernen oder besser gesagt, an was du dich in deinem physischen Selbst erinnern möchtest und ob Ela Ta Sin zu deinem Seelenvertrag passt. Egal, ob du dich für eine Ferneinweihung in Ela Ta Sin oder für das Basic-Seminar entscheidest. Wir arbeiten vorher schon miteinander und natürlich auch danach. Dein Gefühl wird dir sagen, was das Richtige für dich ist. Deine Entscheidung ist die einzige Voraussetzung. Für mich bist du ein inkarnierte göttlicher Aspekt und somit ist es mir eine große Freude und Ehre, wenn ich dir und deiner Seele helfen und dienen darf, dich an dein wahres göttliches Selbst und an deinen Ursprung zu erinnern. Sei herzlich willkommen! ICH BIN das ICH BIN! Nathanael!

Der ElaTaSin – Meisterweg

Mit Freude kann ich euch mitteilen, dass es inzwischen zwei eingeweihte Ela Ta Sin Meisterinnen gibt, mit denen ich die Seminare gemeinsam gebe: Sirijana & Karin! Von Beiden hast du ja schon in diesem Buch gelesen.

Ich habe mich zu Anfang sehr schwer getan und viel darüber nachgesonnen, wie ich die Ausbildung gebe. Ich brauchte eine ganze Weile um die nötige Klarheit über die Thematiken zu bekommen und mir selbst die Erlaubnis dafür zu geben. Allein für die Grafiken brauchte ich ein halbes Jahr. Allein hierdurch habe ich die Ela Ta Sin – Basic-Unterlagen fünf mal überarbeitet, denn es wurde mir noch viel deutlicher, was diese hochschwingende Energie für uns bedeutet.

Karin und Sirijana die Meistereinweihung zu geben, hat mich tief berührt. Die Ela Ta Sin Meisterenergie ist noch um Einiges stärker und hat bei beiden viel bewegt, genauso das Arbeiten mit dem Ela Ta Sin Meistersymbol. Von den Elohim bekam ich eine Gratulation und den Hinweis, dass beide aktiviert seien. Als sehr schön empfinde ich, dass die Seminarteilnehmer Andrea & Karin als „die beiden Engel“ bezeichnen und einige auch bei Telefonaten sagen: „Und grüße die beiden Engel von mir!“

Den Weg des Ela Ta Sin Meisters zu gehen, bedeutet den Weg der allumfassenden göttlichen Liebe zu gehen und mit Hingabe und Demut den göttlichen Willen auf Erden zu leben. Dies ist die Entscheidung, die es reinen Herzens zu treffen gilt!

Ich freue mich schon auf die Ausbildung und die Einweihung der zukünftigen Ela Ta Sin Meister und Meisterinnen und ich freue mich auf unsere gemeinsame globale Aufgabe, denn sie ist ein göttliches Geschenk des Himmels. Danke von ganzem Herzen und ganzer Seele!

Die ersten Ela Ta Sin Meisterinnen

Sirijana / Andrea Klimasch

Karin Fiebig

Der Pyramiden-Schutz

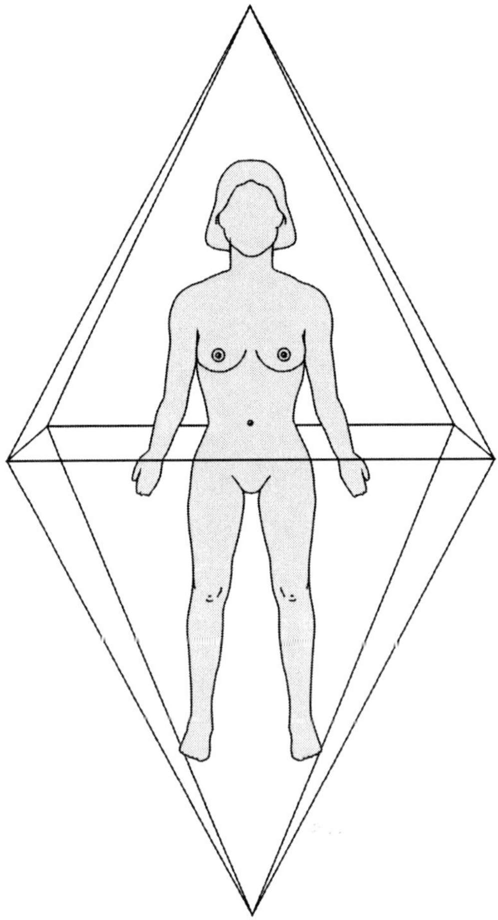

Die Zeichnung zeigt eine gespiegelte Pyramide oder auch Doppelender Kristall genannt!

Hier noch ein Tipp, mit dem du deine Energien ausgleichen und gleichzeitig schützen kannst. Die gespiegelte Pyramide, der Doppelender Kristall, die Raute oder auch der Roh-Diamant genannt, ist das stärkste Schutzsymbol!

Visualisiere diese gespiegelt Pyramide um deinen Körper aus weißem göttlichen Licht. Du hebst damit deine Schwingungs-Frequenz an und gleichst deine Energien ätherisch, wie physisch aus. „Und was bringt mir das?“ wirst du dich vielleicht fragen.

Erstens gehst du mit wesentlich weniger negativen Schwingungen und Gefühlen in Resonanz.

Zweitens gebe ich dir zu Bedenken, dass es in den höheren Dimensionen keine Krankheiten gibt. Je höher deine Schwingungs-Frequenz ist, desto weniger wird die Wahrscheinlichkeit überhaupt noch krank zu werden.

Und drittens kannst du in Situationen, in denen du eine gute Abschirmung brauchst, diese gespiegelte Pyramide vor dir visualisieren aus weißem göttlichen Licht und sie in Höchstgeschwindigkeit drehen lassen, von oben gesehen gegen den Uhrzeigersinn! Dann stellst du dich in sie hinein. Andere werden dich dann energetisch nicht mehr wahrnehmen. Das kann soweit gehen, dass du für sie unsichtbar wirst, vor allem wenn du dir die Außenflächen spiegelnd vorstellst. Hierbei ist es aber ratsam seine Lieben mit hinein zu nehmen, sonst haben sie mit der Situation Schwierigkeiten, vor allem kleine Kinder.

Ist die Situation vorüber, vor der du dich geschützt hast, ist es wichtig rückwärts aus der drehenden Schutzpyramide herauszutreten, sonst wirst du Schwierigkeiten bei der Kommunikation mit anderen Personen haben. Also noch einmal in Kurzfassung: Die stehende Pyramide wirkt ausgleichend, schwingungsanhebend und schützend. Die drehende Pyramide macht unsichtbar! Viel Spaß beim Ausprobieren und Nutzen. Sei gesegnet auf deinem Weg!

Germania

Während meines Seelen-Channeling-Trainings bekam ich eine Sonderaufgabe. Ich sollte Deutschland channeln. Hierüber war ich sehr überrascht und in meinem Gesicht stand ein großes Fragezeichen. Doch was dann geschah, war mehr als unerwartet und hat mich sehr bewegt. Ich sah mich als weiß leuchtende Frau mit riesigen Brüsten und dachte nur: Wie? Deutschland ist weiblich? Und dann ging es los:

„Ich bin traurig, denn mein Volk hat mich vergessen. Ich habe den Deutschen so viel zu geben. Ich habe so viel Liebe für sie, aber sie wissen nicht einmal mehr, dass es mich gibt. Es ist ein so wundervolles Volk, aber was soll man machen, wenn die Kinder ihre Mutter vergessen haben. Man hat mein Volk überfallen und ihm ein fremdes Brandzeichen eingebrannt, wie Diebe, die eine fremde Herde Pferde stehlen und sie dann als ihre eigene ausgeben. Ich bin traurig, denn sie merken es nicht einmal. Ich bin traurig, denn sie haben den Lügen der Diebe geglaubt. Sie sind in eine Falle gelaufen und begannen Wut zu leben und ihr Vertrauen zu verlieren. Geliebte Kinder, in euren Herzen ist eine tiefe Verbundenheit und Liebe für Frankreich. Erinnert euch wieder an die Wahrheit in euren Herzen, die ihr doch so liebt. Ich möchte euch wieder diese Wahrheit bringen. Ich möchte euch mit dieser Wahrheit und meiner Liebe nähren und schützen!“ Dies ist ein kleiner Ausschnitt aus dem Channeling, Danach bekam ich ihren Namen „Germania“! Ihre Traurigkeit ist so stark, dass es mich innerlich fast zerrissen hätte. Das Weitere in dem Channeling kann ich hier nicht sagen, da es mit meinem Inkarnationsauftrag zu tun hat. Ich möchte dir nur ans Herz legen, Germania einfach Liebe zu schicken und hineinzufühlen. Sie hat so viel Liebe in ihrer Seele für das Deutsche Volk, dass du es sicherlich wahrnehmen wirst. Ich sage dir: „Es kommen wundervolle Zeiten auf uns zu!“

Informationen

Falls du zu denjenigen gehörst, die bereits channeln können und dein Kanal sauber ist, wirst du leicht an klare gute Informationen kommen. Falls nicht, möchte ich dich daran erinnern, das jeder diese Fähigkeit besitzt. Wenn jemand, während einer Familienaufstellung der alten Art, die Rolle einer anderen Person übernimmt, channelt er diese Person meist ohne sich dessen bewusst zu sein. Es wird bald notwendig sein, dass wir alle wieder channeln können.

Hier möchte ich dir ein paar Quellen im Internet nennen, bei denen du auf jeden Fall Informationen bekommen kannst, die dir zeigen, was auf der Welt wirklich los ist und die du unbedingt wissen solltest:

www.paoweb.org

Es ist die offizielle Homepage der galaktischen Föderation, in der die Erde 1995 aufgenommen wurde. Falls du das nicht glauben kannst, suche doch mal im Internet nach Ufos und deren Sichtungen, am Besten Videos!

www.secret.tv

Hier findest du viele Filme und unzensierte Nachrichten, die du dir als Wahrheitssuchender nicht entgehen lassen solltest.

www.ancient-mysteries.de

Es ist eine spirituelle Site mit guten Botschaften und vielen guten Links.

Diese drei Quellen werden dir helfen ordentlich Licht ins Dunkel zu bekommen. Wenn du dann erst Lunte gerochen hast, wirst du viele Dinge im Internet finden, wo du niemals gedacht hättest, dass dies möglich sei. Hierfür möchte ich dir ein paar Beispiele nennen!

Such doch einmal im Internet nach einem indischen Fernsehbericht, der nach dem Tsunami im Dezember über etwas berichtete, dass in Indien an den Strand gespült wurde: Tsunami Gigant!

Es wurde ein Teil eines Fossils angeschwemmt, dessen Kralle allein so groß ist, dass ein Mensch daneben wie eine Ameise wirkt. Wenn du dies liest, hoffe ich, dass der Film noch im Internet ist. Hier der Link: www.gofish.com/player.gfp?gfid=30-14909

oder suche nach: THE SKELETON OF JEBAL-BAREZ im Internet. Hierbei handelt es sich um ein Fossil, das im Iran ausgegraben wird, dessen Kopf allein 26m Länge hat.

Dann suche doch mal nach „Levitation“ oder „Levitate“, du wirst dich wundern, wie viele Menschen, vor allem auch kleine Kinder, ihre Merkaba nutzen können um damit zu fliegen. Dies ist kein Scherz. Suche einfach nach Videos und du wirst viele finden. Ein absoluter Könner in der Hinsicht ist „Chris Angel“!

Hier noch einen Link, wo du dies wunderbar sehen kannst:

www.grouper.com

Also, ich wünsche dir wirklich viel Freude beim Entdecken der Wahrheit, doch gleichzeitig möchte ich dir sagen, dass Manche der Dinge, die zu sehen sind auch sehr nervenaufreibend sind. Bitte lasse dir Zeit beim Verdauen der Informationen und falls es dir zu viel ist, mach lieber eine Pause. Wichtig ist, dass du immer in der Beobachterrolle bleibst und nach der Wahrheit fragst. Auf jeden Fall wirst du hierdurch wieder anfangen zu fragen, das ist sicher.

Achte auch hierbei auf deine Intuition und deine Gefühle, sie werden dir schon den richtigen Weg zeigen.

Gebet von Nathanael

Geliebte Brüder und Schwestern, die ihr hier inkarniert seid!

Ich möchte euch hier ein paar Worte in euer Herz legen und bitte eure Seelen, dass sie mir ihre Ohren öffnen mögen:

Ich bin Nathanael und rufe den himmlischen Vater der allumfassenden Liebe. Ich rufe die Mächte des Lichtes und der Liebe, die himmlischen Heerscharen, die Helfer der galaktischen Föderation. Ich rufe alle geistigen Führer und aufgestiegenen Meister, die mit dem Aufstieg der Erde zu tun haben. Und ich rufe die Elohim, Kryon, Sananda Immanuel, Christ Michael, St. Germain und Lady Nada.

Ich bitte euch von ganzem Herzen und ganzer Seele und meinem ganzen Sein, dem Universum zum Segen, bei allen Menschen auf diesem Planeten, JETZT ihre Herzen mit der dreifältigen Flamme zu öffnen, damit sie die Wahrhaftigkeit ihrer Existenz erkennen können. JETZT ihre violette Flamme zu entzünden, damit sie sich von Täuschungen und niedrigen Schwingungen befreien können. Sie JETZT die göttliche Liebe spüren zu lassen, damit sie endgültig jede Art von Krieg sofort beenden, sich von jeder Art von Angst, Hass, Neid, Wut, Trauer, Urteilen, Gier, Rache, Schuld und Abhängigkeit sofort befreien können.

Ich erbitte für sie JETZT das Geschenk der Gnade und Barmherzigkeit, des Segens der Vergebung und Gelassenheit, der Loslösung jeglichen Karmas, und des ewigen Friedens.

Ich bitte die hier inkarnierten Seelen, die ihnen angebotenen himmlischen Geschenke, JETZT anzunehmen und ihrem göttlichen Auftrag zu folgen. Und ich bitte die oben Gerufenen JETZT der Menschheit zu helfen.

Himmlischer Vater der allumfassenden Liebe. Dein Wille geschehe.

Ich danke dir JETZT hier sein zu dürfen und erbitte für meinen Inkarnationsauftrag deine Führung, deinen Segen und deinen Schutz, höchste göttliche Wahrheit und Klarheit.

Dies erbitte ich ebenso für alle hier inkarnierten Seelen! So sei es. OM, Friede, Shalom, Amen! So Ham! Der Himmlische Vater und ich sind EINS!

Seid alle gesegnet für eure Hilfe und euer Zuhören. DANKE!!!

Nathanael

PS.: Wenn du magst, schließe dich diesem Gebet an und gebe es an andere weiter!!

Programmierung des Wassers

Guten Morgen geliebte Erdengeschwister,

ich bin Nathanael und möchte euch an etwas erinnern!

Heute ist der 26.1.2007 auf dem Planeten Erde oder anders gesagt, der erste Tag mit dem Namen Gottes (der Zahl 26), des ersten Monats, des Jahres der Vollendung auf dem Planeten Urantia im Nebadon Universum.

Und du, ja du der dies hier liest, bist eine Schleuse für goldweißes göttliches Licht aus dem du selbst erschaffen wurdest, aus reiner göttlicher Liebe und reinem göttlichen Bewusstsein. Du hast einen physischen Körper, der als Kern für dein Sein, dein elektromagnetisches System, als Teil deiner Seele hier verankert. Dies nennt man Inkarnation und im Hier und Jetzt hast du nur einen winzigen Teil deiner Monade gesandt.

„Und was fange ich jetzt damit an?" fragst du dich und so werde ich dir ein Beispiel sagen:

Dein physischer Körper besteht überwiegend aus Wasser und dieses nimmst du zu dir und lässt es wieder los, du schleust es durch deinen Körper. Versuchst du diese Schleuse (deine Blase) geschlossen zu halten, wird dein Körper Alarmsignale geben und dann musst du loslassen. Danach fühlst du dich wunderbar entspannt, nicht wahr?

Wasser ist lebendig und hat Bewusstsein. Wenn es dich verlässt, trägt es Informationen mit sich über deine Gedanken, Gefühle und deine Vorstellungskraft. Genauso funktioniert es mit deinen ätherischen Körpern elektromagnetisch.

Es ist jetzt an der Zeit deine Schleusen für die allumfassende göttliche Liebe zu öffnen und diese durch dich fließen zu lassen, durch dein Herzchakra, deine Hände, deine Füße und jede Pore deines Körpers. Du wirst es sowieso nicht mehr lange zurückhalten können, denn genauso wie Wasser bahnt sich auch die allumfassende göttliche Liebe unaufhaltsam ihren Weg.

Viele Menschen haben zur Zeit Kopfschmerzen und andere Hinweise, weil sie sich noch dagegen wehren. Also öffne deine Schleusen und lasse die Liebe fließen. Erinnere dich an die Elementarwesen, wie Nymphen, Sylphen, Undinen, Salamander und die vielen Anderen. Wasser ist überall in der Luft. Berühre es bewusst mit deinem Herzzentrum und den Magnetzentren deiner Hände. Programmiere dieses Wasser in der Luft mit dieser göttlichen allumfassenden Liebe und erbete Heilung, Reinigung, Mitgefühl, Wahrheit und Frieden für die gesamte Schöpfung hier auf Erden. Rufe die Elementarwesen des Wassers, des Feuers und der Luft und bitte sie dabei um Mitarbeit. Rufe die Sturmgeister und bitte sie, dieses programmierte Wasser sanft um den ganzen Globus zu tragen, sie werden es gerne tun. Dieses Wasser wird alles durchdringen, jedes lebende Wesen und jede kleinste Lücke im Stein und mit der allumfassenden Liebe wird auf Erden endlich Frieden.

Und so segne ich dich, damit du deine Schleusen öffnen mögest und sende dir aus meinem Herzen die allumfassende göttliche Liebe.

Ich bin der Ich bin. So Ham!

Nathanael

Friedensmeditation

Hi ihr Lieben!

Am 24.12.2006 haben wir eine besonders schöne Energie = Quersumme 17.....es ist die die Energie des Sterns = "Positiver Neuanfang"!

Die kosmischen Energien der Manifestation sind an diesem Tag besonders hoch. Auf den neuen Bewusstseinsgittern der Erde inkarnieren immer mehr aufgestiegene Meister und die Menschen denken an ihre Lieben und beschenken sie. Diese Meditation ist ein Geschenk an die Menschheit und soll helfen den schlafenden Engel im Menschen zu erwecken. Die beste Zeit dafür ist zwischen 15h und 16h, da ist die Energie am höchsten. Nimm dir einen Moment Zeit und denke folgendes:

Ich bin eine physischer Engel auf Erden und bin gewillt mich an meine Herkunft und meinen himmlischen Auftrag JETZT zu erinnern. Ich bitte mein Höheres Selbst Heilenergien in und durch mich zu leiten, die ich für mich und andere brauche.

Ich beabsichtige diese Energie mit meinem Herzen und meiner Seele in die Welt hinaus zu tragen, durch mein Sein, meine Gedanken und meine Taten, damit Friede, Liebe und Mitgefühl sich mit jedem meiner Atemzüge verbreiten. Ich sehe & fühle wie die Erde sich hierdurch in ihrer wahren Schönheit entfaltet.

Ich verbinde mich mit den aufgestiegenen Meistern und den himmlischen Sphären um göttliche Liebesenergie hier zu verankern.

Ich sehe & fühle wie meine Geschwister auf Erden erwachen und sich diesem Liebesstrom anschließen.

Ich sehe & fühle wie sich unsere Herzen und Seelen miteinander verbinden und Wahrheit, Gerechtigkeit, Lebensfreude und Liebe sich wieder im Einklang befinden und wir unser Leben mit Urvertrauen und Mut leben.

Ich sehe & fühle die Freude über das Zusammenfinden mit unseren kosmischen Geschwistern.

Dies ist mein Wille und hierfür erbitte ich göttliche Segen, göttliche Liebe, göttlichen Schutz und göttliche Führung!

Ich bin das ich bin, So Ham!

Nathanael

23.1.2007

Geliebte Erdengeschwister,

mein Herz ist erfüllt mit großer Freude, denn zur gleichen Zeit haben mehrere den Aufruf zur weltweiten Friedensmeditation am 24.12.2006 ins Internet gestellt und verteilt. Insgesamt haben sich 4,7 Millionen Menschen an dieser Meditation beteiligt und damit hat sich die Menschheit für den weltweiten Frieden entschieden.

Diese Bewusstseinsenergie hat sich in den Gitternetzen der Erde verankert und damit muss sich weltweiter Frieden in kürzester Zeit manifestieren. Hierfür möchte ich euch allen von ganzer Seele danken.

Unsere Energie, unsere eigene Realität zu erschaffen, erhöht sich mit jedem Augenblick, genauso wie unsere Verantwortung dafür. Unsere Gedanken, Worte, Gefühle und Taten erschaffen unsere Realität und so wird jeder merken, dass sie sich immer schneller auf unsere Situation auswirken.

Es ist das Jahr der Vollendung und der Ernte. Vieles was wir mit unseren Handlungen und Wünschen, mit unserer Lichtarbeit in den Äther geschickt haben, kann sich jetzt manifestieren, denn die Menschheit hat jetzt „JA“ gesagt und dies ist wahrlich ein Segen.

Die Wahrheit kommt jetzt jeden Tag mehr ans Licht, bitte ärgert und fürchtet euch nicht.

Seht es mit euren Augen und Herzen aus göttlicher Sicht, wenn die alte Ordnung zerbricht.

Die Ruhe und Leere in euren Herzen führt euch heraus aus den alten Schmerzen. Während manche noch in ihrem Chaos wühlen, könnt ihr schon die Wahrheit und Liebe dahinter wachsen fühlen.

Konzentriere dich darauf und es geht jeden Tag bergauf. Nimm die Fülle der Liebe an, damit sie alles transformieren kann.

Du bist reine göttliche Liebe, denke jeden Tag daran.

Du bist hier um Lebensfreude zu leben und sie an andere weiterzugeben.

Und so verneige ich mich vor dir in großer Achtung und Ehren, mögen deine Wege auf Erden immer das Licht und die Liebe mehren.

Ich bin das Ich bin. So Ham!

Nathanael

Neue Symbole

Hier ein paar neue Symbole, mit denen du experimentieren kannst, indem du sie visualisierst und/oder auch durch deine Hände schickst. Beobachte dabei deine Gefühle und die Reaktionen deiner Chakren.

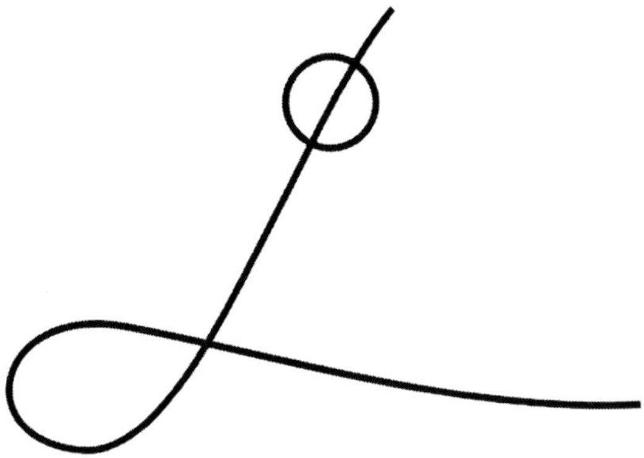

KO TU REI

Es steht für Erinnerung und Heilung

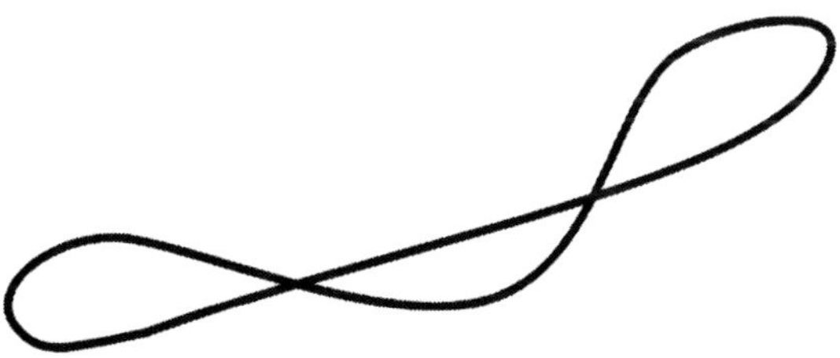

DAI MA SO

Es steht für Bewusst - Sein

ELEXIER

Es steht für die allumfassende göttliche Liebe

Das Aufstiegs-Symbol

The Answer

deep in your heart you are older than now
older than this universe
born like a star without pain and war
you are dressed in a body of light
born in this world your memories are lost
and you start live all over again
led by the wish to fulfill your love line
you grow up between love and pain
when you find yourself again
you'll remember you are human
Love, love is the answer. Love is the answer now

follow your heart and see what you find
there must be more than you know
deep in your soul a diamond will grow
and unveil ancient wisdom to you
when you find yourself again
you'll remember you are human
Love is the answer. Love is the answer now

Lyrics & Music: ASHRON El Mogar Ba

Die Antwort

Tief in deinem Herzen, bist du viel älter als JETZT, viel älter als dieses Universum. Geboren wie ein Stern, ohne Krieg und Schmerz, warst du gekleidet in einen Körper aus Licht. Geboren in dieser Welt verlorst du deine Erinnerungen und fingst das Leben wieder von vorne an. Getrieben von dem Wunsch deine Lebensziele zu erreichen, wuchst du auf zwischen Liebe und Leid.

Wenn du dich selbst wiederfindest, wirst du dich erinnern, dass du ein Mensch bist, ein göttliches Kind!

Liebe ist die Antwort. Liebe ist die Antwort JETZT!

Folge deinem Herzen und beobachte, was du dort findest. Dort muss mehr sein als du denkst. Tief in deiner Seele wird ein Diamant erblühen, der dir geheimnisvolle Weisheiten offenbart.

Wenn du dich selbst wiederfindest, wirst du dich erinnern, dass du ein Mensch bist, ein göttliches Kind!

Liebe ist die Antwort. Liebe ist die Antwort JETZT!

Dieser Song wurde von mir vor einigen Jahren geschrieben, aber noch nicht veröffentlicht. Der Grund dafür ist, dass dieser Song so lebendig ist, dass er sich ständig verändert, je nach Situation und den Menschen, die zuhören. Insofern ist es sehr schwierig ihn so auf einen Tonträger zu bekommen, dass er seine Energie voll entfaltet. Es reicht eigentlich eine Gitarre und die Stimme. Wahrscheinlich werde ich ihn auf das nächste Album, das zur Zeit in Arbeit ist, aufnehmen. Für 2007 steht die Veröffentlichung des Albums: ASHRON – „Spirit Wisdoms“ an. Zusammen werden dieses Album und alle vorherigen Alben gemeinsam auch in den USA veröffentlicht.

Telepathie und Seelenohren

Wusstest du schon, dass deine Seele auch Ohren hat? Ihr Sitz ist an deinen Schläfen.

Ich habe mich schon oft gefragt, wie ich meine telepathischen Informationen bekomme und warum viele Menschen Probleme mit Kopfschmerzen haben. Erst vor ein paar Tagen ist mir bewusst geworden, dass Beides oft direkt miteinander zu tun hat. Mir ist klar geworden, dass ich Informationen für Heilung und auch für das Channeling schon vorher bekomme. Es ist wie ein Datenpaket, was vorher aus der geistigen Welt heruntergeladen wird. Wenn es an der Zeit ist, werden die Daten für mich zugänglich. Der Auslöser für die Öffnung dieser Datenbank, ist dann meistens ein Bild oder ein Symbol, manchmal auch Worte einer Person, wenn sie zu mir kommt. Früher war mir bewußt, das man Antworten von oben schon bekommt bevor man die Frage auch nur zu Ende gedacht hat, aber die meisten Informationen kommen schon wesentlich vorher. Bevor mich jemand anruft, höre ich oft unsere Kommunikation schon eine viertel Stunde vorher, wenn nicht sogar eher. Ich lebe ein Leben in Meditation, doch für viele Menschen, die nicht so sind und es nicht so leben, bedeutet dies, dass sie Kopfschmerzen bekommen, wenn sie nicht auf ihre Seele hören, sie haben Probleme mit ihren Seelenohren und oft auch mit ihren physischen Ohren. Die physischen Ohren zu öffnen, ist für mich ganz leicht, denn ich habe verstanden, wie es funktioniert. Oft gibt es Menschen in meinen Vorträgen, die schwer Hören können. Dann demonstriere ich, wie man die Energien der Ohren wieder öffnet. Danach spreche ich dann ganz leise und alle Anwesenden sind dann erstaunt, dass die betreffende Person wieder gut hören kann. Eine ältere Dame war sogar richtig sauer auf mich, weil sie dachte, ich würde einen Scherz mit ihr machen und jetzt lauter reden. Alle fingen an darüber zu lachen und letztendlich hat sie es selbst gemerkt, dass sie wesentlich besser hören kann als vorher. Nun ja, dies ist immer eine der schwierigsten Aufgaben, den Verstand und das Bewusstsein der Menschen ins Hier und Jetzt zu bekommen, aber auch das kann ich gut.

Nun aber zurück zu den Kopfschmerzen. Sie haben ihre Ursache an folgenden Punkten: Solarplexus-Chakra, fehlende Erdung, schlechte Verbindung von der Krone und dem dritten Auge zum Wurzelchakra! Die Menschen wollen mit ihren Augen nicht die Wahrheit sehen und mit den Ohren nicht hören und meist auch nicht ihre Inkarnation annehmen, sie wollen nach Hause, dorthin, wo sie hergekommen sind. Sie können ihre Sehnsucht und Traurigkeit nicht ertragen, weil ihnen ihr wahres Zuhause fehlt. Sie versuchen ihre Gefühle zu unterdrücken und damit blockieren sie ihre eigene Seelenverbindung. Die Trennung der rechten und linken Gehirnhälfte wird stärker und das erzeugt die Kopfschmerzen. Diese sind dann meistens vorne an der Stirn und auch hinter den Augen. Migräne! Alles, was ich vorher beschrieben habe, war leicht mit Ela Ta Sin, also mit dem Entfernen von Implantaten, der Öffnung der Haralinie, dem Aktivieren der Licht-DNS, dem Entfernen von Fremdenergien und dem in den Körper holen, in Ordnung zu bringen. Doch der Kopfschmerz durch die geschlossenen Seelenohren noch nicht. Dann bekam ich die Antwort des Himmels: „Verbinde die Seelenohren mit dem Daumen und kleinem Finger der rechten Hand!“

Ich legte also den Daumen und den kleinen Finger der rechten Hand an die Schläfen der Person und die Kopfschmerzen waren in kürzester Zeit weg. Es ist wunderschön, dass es so leicht geht, wenn man die richtige Antwort bekommen hat. Ich habe es jetzt schon mehrmals angewandt und es hat immer funktioniert.

Ich danke dem Himmel für diese Antwort und wünsche dir immer einen leichten und Schmerzfreien Kopf!

Epilog

Ich gratuliere Dir! Du hast es geschafft bis hier zu lesen, falls du nicht gleich hinten angefangen hast. Der Weg ist das Ziel und so ist es auch in diesem Buch. Es ist ein Tor zwischen den Welten und entfaltet seine Energie Stück für Stück, was du beim Lesen sicher gemerkt hast. Es sind viele Energien und Gefühle, viel Wissen in dieses Werk hineingeflossen. Meine himmlischen Helfer haben mich wieder einmal beschleunigt arbeiten lassen und ich habe es gerne und mit Hingabe geschrieben.

Hier möchte ich mich bei allen Beteiligten noch einmal herzlich für ihre Mitarbeit und Hilfe bedanken. Besonders bedanke ich mich hiermit bei meinem Geistführer, ständigen Begleiter und großartigen Lehrer, dessen Augenpaar ich seit 2000 Jahren nicht vergessen kann: Jesus Sananda. Danke, ich bin glücklich als Träger des Christuslichtes auf der Erde wandeln zu dürfen. Diese Aufgabe erfüllt mein Herz und meine Seele.

Und dir möchte ich auch danken, dass du dieses Buch gelesen hast, denn Vieles darin, hat dein Herz und deine Seele berührt und genau damit hast du deine Verbindung zu deinem wahren Sein weiter geöffnet. Ich wünsche dir, dass du deine wahrhaftige Existenz hier auf Erden in Leichtigkeit leben kannst, dass du deinen Seelenvertrag erfüllen kannst und ich wünsche dir, dass du den Segen der allumfassenden Liebe deiner Zwillingsflamme ebenfalls im Hier und Jetzt erlebst.

Ich freue mich, dass die Erde so eine liebevolle Mutter für uns ist und sende ihr ein großes Herz der Liebe und der Dankbarkeit. Danke, dass ich auf dir leben darf.

Ich wünsche uns Allen einen gesegneten und leichten Aufstieg. Mögen die Menschen alle erwachen, die Wahrheit erkennen und sich von den Täuschungen lossagen. Die Dunkelheit existiert doch nur in den Köpfen, die Angst erhält sie am Leben. Doch diese Zeit neigt sich jetzt dem Ende. Wir alle haben neue Seelenverträge bekommen, auch du.

Mein Seelenvertrag ist: die Wahrheit der allumfassenden göttlichen Liebe und die Gerechtigkeit des göttlichen Willens auf Erden zu leben! Meine Seele und auch ich haben dazu JA gesagt:

„Ja, ich will! Ja, ich will! Ja, ich will!“

So, nun gehe ich meinen diesen Weg unbeirrt weiter und freue mich über und auf unsere Begegnung auf dieser wunderschönen Erde, Gaia, Urantia im Nebadon System!

Sei gesegnet auf deinen Wegen!

ICH BIN, DER ICH BIN

Mediale Kompositionen

Ela Ta Sin – Die Energie der Elohim

Das erste Buch: „Ela Ta Sin – Die Energie der Elohim“

von

EL MOGAR BA

Du kannst dieses Buch im Buchhandel bestellen:

ISBN 3 – 8334 – 4989 – 6

Weitere Informationen, dieses Buch und auch die mediale Musik kannst du bekommen über die Homepage:

www.elatasin.de

Kontakt:

Ronald Hoth / Ashron El Mogar Ba / Nathanael

Telefon: +49 (0)172 42 03 161

E-Mail: ronaldhoth@aol.com

Homepages:

www.elatasin.de

www.auravideo.de

www.ashron.net

www.aschera.com